SIDNEY SHELDON

THE NAKED FACE

この書物の所有者は下記の通りです。

住所	
氏名	〒

アカデミー出版社からすでに刊行されている
天馬龍行氏による超訳シリーズ

「女　医」
「陰謀の日」
「神の吹かす風」
「星の輝き」
「天使の自立」
「私は別人」
「明け方の夢」
「血　族」
「真夜中は別の顔」
「時間の砂」
「明日があるなら」
「ゲームの達人」
（以上シドニィ・シェルダン作）

「つばさ」
「五日間のパリ」
「贈りもの」
「無言の名誉」
「敵　意」
「二つの約束」
「幸せの記憶」
「アクシデント」
（以上ダニエル・スティール作）

「裏稼業」
（以上ジョン・グリシャム作）

「奇跡を信じて」
（以上ニコラス・スパークス作）

「何ものも恐れるな」
「生存者」
「インテンシティ」
（以上ディーン・クーンツ作）

顔（上）

作・シドニィ・シェルダン
超訳・天馬龍行

わたしの生涯の女性たちへ――
妻、ジョージャ
娘、メアリー
そして、母、ナタリー

人物紹介

ジャド・スティーブンス	……	精神分析医
キャロル・ロバーツ	……	クリニックの受付
マックグレビー アンジェリ	……	二人の刑事
ジョン・ハンソン	……	患者
ハリソン・バーク	……	実業家、患者
テリー・ウォッシュバーン	……	元スター、患者
アン・ブレーク	……	美しい人妻、患者
アモス・ジフラン	……	強盗犯
ノーマン・Z・ムーディー	……	私立探偵
ローズ・グラハム アレクサンダー・ファロン スキート・ギブソン	……	患者
ブルース・ボイド	……	ジョン・ハンソンの友人
ピーター・ハドレー	……	ジャドの親友
ノーラ・ハドレー	……	ピーターの妻
バッカーロ兄弟	……	殺し屋
アントニー・デマルコ	……	建設業者

第一章

午前十一時十分前。空が破裂してカーニバルの紙吹雪のような雪が降りはじめると、街はたちまち白一色に染まった。やわらかい新雪は、凍《い》てつく街路に積もる間もなく灰色のぬかるみに変わっていく。クリスマスの買い物客たちは、十二月の寒風にあおられるように、ぬくもりを求めて家路を急いでいた。

黄色いレインコートをはおったヒョロリと背の高い男がひとり、クリスマスの人込みにもまれながらレキシントン大通りをマイペースで歩いていた。

男は決してゆっくり歩いていたわけではないが、寒さから逃れようとしているほかの歩行者たちのようにあわてふためいてはいなかった。顔をまっすぐに上げ、ぶつかってくる歩行者たちのことなどまるで気にしていない様子である。それもそのはず、男は一生の重荷からようやく解放されたところだった。これから家に帰って、愛《いと》しのメアリーにすべてが終わったことを告げるのだ。過去がその死者を葬り去れば、未来は金色に輝く。このうれしいニュースを知らせたらあいつはどんなに喜ぶだろうか、と男はそのことばかり考えていた。

五十九番通りの交差点に差しかかったときだった。行く手の信号が赤に変わった。足止めを食らって不満顔の一団とともに彼も足を止めた。すぐ横ではサンタクロース姿の救世軍が大きな鍋を前にして立っていた。男は、幸運の神に感謝して少しばかり寄付しようかとポケットの中のコインをまさぐった。ちょうどそのときだった。誰かが彼の背中をたたいた。差しこむような衝撃とともにからだ全体がグラッと揺れた。クリスマスで飲みすぎた酔っぱらいが、見知らぬ他人になれなれしく絡《から》みついてきたのだろう。

それとも、ブルース・ボイドのやつか？　ブルースは自分の力がどんなに強いかも知らずに、相手をこづいて親愛の情を示す悪い習慣を身につけている。だが、ブルースにはもう一年以上も会っていない。

男は、誰に背中をたたかれたのかとうしろをふり向こうとした。が、不思議なことに、ひざがガクッと折れて、ちゃんとうしろを向けなかった。かわりに男が見たのは、遠くから見る自分の姿だった。スローモーション映画のように、自分の体がゆっくりと歩道の上に倒れていくではないか。背中のにぶい痛みは全身に広がりはじめていた。呼吸も苦しくなった。道行く人たちの靴が、まるで生き物のように行列をつくって目の前を通過していくのが見えた。凍った歩道にぶつけたままのほほには感覚がなかった。

このままではいけないとわかっていたから、男は声を上げて助けを呼ぼうと口を開いた。すると、生暖かいまっ赤な血が川のように口から流れだし、雪の中に小さな溝をつくった。赤い流れが歩道を横切り下水溝へ流れていくのを、男はボーッとなりながら見つめた。

痛みはますます激しくなっていたが、男はあまり気にしなかった。彼がこれからメアリーに知らせるグッドニュースのことを思えば、痛みなどどうでもよかった。彼はとうとう自由になれたのだ。そのことを早くメアリーに知らせよう。男はちょっと休もうと、両目を閉じて、白い空のまぶしさをよけた。

落ちてくる雪は冷たいみぞれに変わっていた。しかし、そのときの彼はもう何も感じなくなっていた。

第二章

入り口のドアが開き、男たちの入ってくる音が聞こえた。受付係のキャロル・ロバーツは、顔を上げてはっきり見る前に、男たちの種類を嗅《か》ぎわけていた。

ふたりづれだった。ひとりは四十代半ばぐらいで百九十センチぐらいはありそうな、マッチョタイプの大男だった。でかい面《つら》、奥まった目は冷たい青色で、口もとはつまらなそうにゆがんでいた。もうひとりの男は比較的若かった。髪の毛をきちんととかし、話の通じるセンシティブな感じだった。しかしその茶色の目には独特の殺気があった。

ふたりの男は両極端といえるほどタイプが違っていたが、キャロルの目には一卵性双生児ほどそっくりに映った。

〈デカだ〉

ふたりの正体をキャロルの鼻がそう嗅ぎとった。

机に向かってくるふたりを見つめながら、キャロルは、汗がわきの下から汗止めパットを破ってしたたり落ちるのがわかった。彼女は自分の弱みを探して頭の中の暗がりのあちこちをつつき始めていた。

〈チックかしら？〉

彼は六か月前のあのとき以来、彼女を困らせるようなことはしていない。ギャングから足を洗うことを誓うから結婚してくれ、と彼のアパートで迫られたあのとき以来だ。

〈それともサミーかしら？〉

空軍に入隊して海外に駐屯している弟にもし何かあったのなら、そのニュースを届けるのに刑事がふたりやって来るのはおかしい。

〈やはり違う。こいつらが来たのは、わたしをパクるためだ〉

現に彼女のバッグの中には〝ハッパ〟が入っている。口の軽いゲスがサツにたれ込んだのだろう。それにしても、なぜふたりも来る必要がある？

頑として言い張るのだとキャロルは自分を励ました。サツには指一本ふれさせない。彼女はもうハーレムから小突きだされるしがない黒人ではないのだ。いままではそうだったかもしれないが、これからは違う。自分はいま、米国有数の精神分析クリニックに勤めるちゃんとした受付係なのだ。

そうは思っても、男たちが近づくにつれキャロルのパニックは増大した。

記憶はまだ生々しかった。悪臭を放つちっぽけなアパートに大家族が隠れるように住んでいた十数年間。そのあいだに、何度白人の警察官たちにドアをぶち壊されたことか。そして、そのたびに母親が、姉が、いとこが連行されていった。

しかしキャロルは、渦巻く胸の内を顔にはあらわさなかった。

ふたりの刑事の目に映っているのは、高価そうなベージュのワンピースを上手に着こなした、肌の黒い妙齢の女性の姿だった。彼女の声も事務的で落ちついていた。

「こんにちは」

声をかけられた瞬間、歳をとった方の刑事アンドリュー・マックグレビーは女のワンピースのわきの下が汗で濡《ぬ》れているのを見逃さなかった。彼は無意識にそのことを未来の有用な情報として頭のすみにおさめた。

〈緊張してわきの下を濡らしていた精神分析医院の受付係〉

マックグレビーは合成皮革の警察手帳を取りだし、それを広げて警察バッジを見せた。

「十九分署のマックグレビー警部補」

彼はそう言ってからパートナーを指し示した。

「こちらはアンジェリ刑事。われわれは殺人課の者だ」

〈殺人課？〉

キャロルの腕の筋肉がひきつった。

〈やっぱりチックだわ！　彼が誰かを殺したんだ。わたしとの約束を破ってギャングに戻ったのね。強盗でもやらかして誰かを撃ち殺したのかしら？　それとも——彼が撃たれたのか？　撃たれて殺されたのか？　それを知らせるために、こいつらはわたしのところに来たのだろうか？〉

キャロルは汗のシミがどんどん広がるのがわかった。こちらをじっと見つめたままのマックグレビー刑事が、じつは彼女のわきの下のシミに気づいて、それにこだわっているのはみえみえだった。

彼女とマックグレビーのあいだに会話は不要だった。ふたりは、互いをひと目見ただけで、世界の違う人間であることを認識できた。永遠に敵対しあう世界。知らない者同士のふたりでも、ふたつの世界の窓を通してなら何百年来の知り合いなのである。

「ジャド・スティーブンス先生にお目にかかりたいんですが」

若いほうの刑事が言った。彼は声もやわらかく、言い方もていねいだったし、それが外見にマッチしていた。

キャロルはそのとき初めて、その若い刑事が、ひもで結わえた茶色い紙の包みをかかえているのに気づいた。

刑事の言葉がキャロルの頭にしみ込むまでちょっと時間が必要だった。

〈すると、チックでも、サミーでも、ハッパのことでもないんだ〉

「すみません」

キャロルはほっとする気持ちをなんとか隠して答えた。

「スティーブンス先生はいま患者さんを治療中です」

「ほんの二、三分で済むんだがね」

マックグレビーという刑事が言った。

「先生に二、三訊きたいことがあるだけなんだ」

そう言ったあと、ひと呼吸おいてから、彼は伝家の宝刀を抜いた。

「ここでまずいなら、署に来て話してもらってもいいんだが」

キャロルは思わずふたりの刑事の顔を見比べた。殺人課の刑事がスティーブンス先生になんの用事があるのだろう？　警察が何を考えていようが、悪事を働くような先生ではない。彼女はスティーブンス医師のことはよく知っている。彼と知り合ってから何年になるだろう。そうだ、もう四年になる。そもそもの出会いはあの夜間法廷でだった……。


午前三時だった。天井の蛍光灯のせいで、法廷内の誰もが顔色悪く見えた。法廷は古いうえに、おんぼろで、汚《よご》れていて、積年の悪臭がこびりついていた。臭気を放つのは、はげかけた壁のペンキばかりでなく、部屋のすみずみにしみついている容疑者たちのおびえである。

雛壇《ひなだん》に座るのがまたもやマーフィー判事だとは、キャロルはつくづくツキがなかった。ついニ週間前に彼の前にひっぱり出されたばかりだった。そのときは初犯だったからなんとか保釈を得ることができた。初犯とは、初めて捕まったという意味である。二度めの今回は、ただではすまなそうだった。

何人もの容疑者たちがベンチ椅子に座って、自分の裁判が始まるのを待っていた。彼女の前の裁判がちょうど終わるところだった。

雛壇の前で背の高い物静かな男性が、判事に向かって、依頼人についてなにか説明していた。依頼人は太った男で、手錠をかけられたまま震えっぱなしだった。キャロルはその背の高い男を弁護士と見た。男にはなんとなく相手を安心させる気どらない落ちつきがあった。あんな弁護士に頼めてラッキーなおやじだ、とキャロルはふとっちょの容疑者を見て思った。彼女は弁護士なしのひとりぼっちだった。

ふたりが法廷を立ち去ると、キャロルの名が呼ばれた。彼女は立ちあがり、両ひざをかたく閉じた。震えを止めるためだった。廷吏に背中を押されて、キャロルは判事の前に出た。法廷職員が、判事に訴追書面を手渡した。

マーフィー判事は、目の前に置かれた書面とキャロルの顔を見比べた。

「キャロル・ロバーツ。街頭で売春。浮浪罪。マリファナの不法所持。公務執行妨害」

〃公務執行妨害〃はあいつらの勝手な付け足しだ。警官に小突かれたから股間《こかん》をけってやっただけの話である。なんと言われようと、彼女はれっきとした米国市民なのだ。

「きみはこの前もここに来たな。違うか、キャロル？」

キャロルはわざとおぼろげな口調を装った。

「……たしか……そうです、判事」

「そのときわたしはきみを保釈したな？」

「は、はい、そうです」

「きみは何歳だね？」

ここで歳を訊かれるとはなんたる皮肉。

「十六歳です。今日がわたしのハッピーバースデーなんです」

そう言うなりキャロルはワッと泣きだしてしまった。しゃくりあげるたびに彼女の上半身が上下に揺れた。

背の高い物静かな男はまだ近くの机にいて、書類をアタッシュケースにしまいこんでいるところだった。キャロルの泣き声に気づいた彼は顔を上げてしばらく彼女のほうを見ていたが、やがて、判事のところに来て話しはじめた。

判事は一時休廷を宣告し、背の高い男性を連れて判事室へ入っていった。

それから十五分後、キャロルは廷吏に呼ばれて判事室に連れていかれた。中に入ると、さっきの背の高い男性が判事に向かって何ごとか熱心に話していた。話し終えると、判事はキャロルに向かってこう言った。

「きみは運がいいぞ、キャロル」

判事は背の高い男をちらりと見てから、さらに言った。

「きみにもう一度チャンスをやることにする。ここにいる精神分析医のスティーブンス博士にきみの保護観察を引き受けてもらうことになった」

〈そうだったのか。このおっさんは弁護士ヤローじゃなくて精神分析のヘボ医者だったんだ〉

彼女としてはそんなことはどうでもよかった。相手が切り裂きジャックであろうが、ドラキュラであろうが、自分をここから出してくれるなら誰でもよかった。今日が誕生日だなんて出まかせに言った嘘がばれる前に、この悪臭にみちた法廷を一刻も早く逃げだしたかった。

精神分析医がキャロルを彼のアパートに連れていくことになった。

運転しながら彼はあれこれ世間話をしたが、べつに彼女が答えなくてもいいような話ばかりで、彼としては少女を落ちつかせるために語りかけていただけだった。

車は、七十一番通りのイーストリバーを見晴らす近代的な高層ビルの前で止まった。ビルの前にはドアマンがいて、エレベーターにはオペレーターがついていた。ふたりのさりげないあいさつの仕方からして、精神分析医の朝帰りも黒人売春婦を連れこむのも、めずらしいことではなさそうだった。

こんな豪勢なアパートに入るのは、キャロルは生まれて初めてだった。白を基調にしたリビングルームには特大サイズの長椅子がふたつもあり、長椅子のあいだには厚いガラス板をのせた正方形の大きなテーブルがあった。テーブルの上には、ヴェネチア模様を刻んだ、これまた特大サイズのチェス盤が置かれ、壁のあちこちには現代風絵画がかけられ、玄関ホールには玄関の外を映しだすモニターが設置されていた。リビングルームの端には曇りガラスで仕切られたバーがあり、そこの棚にはクリスタルグラスやデカンタ類がたくさん飾られていた。窓の外に目をやると、眼下にイーストリバーが望め、水面をさいて川を行き交う大小のボートが見えた。

「裁判に出ると、どういうわけか腹がすくな」

精神分析医のジャドが気軽な調子でキャロルに語りかけた。

「誕生日の夕食でも作ろうか?」

そう言うとすぐ、彼はキャロルを連れてキッチンに入った。そして、キャロルに手伝わせるでもなく、あっという間にメキシカンオムレツを作りあげた。フライドポテトとイングリッシュマフィンとサラダとコーヒーが次々に用意された。

「これが独身の特権というものさ」

彼はひとりごとのように言った。

「好きなときに自分で料理ができるからね」

ということは、彼は、カアちゃんという鬼が家で待ちかまえていることのない独身男だったのだ。このカードをうまく使えば、彼女にとっては金脈にありつけるグッドチャンスになるかもしれなかった。

食事はとてもおいしかった。食べおわると、キャロルはゲスト用の寝室に連れていかれた。ブルーを基調にした部屋で、大きなダブルベッドには青いチェックのベッドスプレッドがかけられていた。黒い板に真鍮《しんちゅう》の金具をあしらったスペイン製の化粧台が部屋の雰囲気にとてもマッチしていた。

「とりあえず、今日はここに泊まりなさい。どこかからきみが使えるパジャマを見つけてくるから」

彼はちょっかいを出すでもなく、そう言って、すぐいなくなった。

キャロルは、趣味よく内装された部屋を見回して思った。

〈キャロルちゃん、運が向いてきたようよ、あんた！　もしかしたら大当たりかもしれない。精神分析のへボ医者は、弱味をにぎられている黒人少女をお求めなんだ。その望みをこのわたしがかなえてやればいいんでしょ〉

キャロルは素っ裸になるとシャワーブースに入り、三十分もかけて体を念入りに洗った。黒光りする腰にタオルを巻くと、その姿はわれながら色っぽかった。そのままの格好でキャロルはバスルームを出た。彼はいなかった。かわりに、パジャマの上下がベッドの上に置かれていた。

〈あいつ、かっこつけてる〉

キャロルはひとりでニヤリとすると、腰に巻いたタオルを投げ捨て、寝室から廊下に出た。

リビングルームをそっとのぞいてみると、彼の姿はそこにもなかった。

今度は書斎に通じるドアを開けてみた。精神分析医はやはりそこだった。彼が向かいあっていた机は大きくて仕事がしやすそうで、その上方には、天井から古くさいテーブルランプがぶらさがっていた。書斎の壁面は床から天井まで本で埋まっていた。

キャロルはうしろから忍び足で近寄り、彼の首にそっとキスした。

「ねえ、早く」

キャロルは彼の耳もとでささやいた。

「どうしてくれるの？　わたしに火をつけておいて」

キャロルは自分のほほを彼の首にぴったりとつけた。

「何をもたもたしているの、お父ちゃん？　早くしてくれないと、その気がなくなっちゃうわよ」

彼はその灰色の目でキャロルをじろりと見た。

「よしなさい」

声はやさしかった。

「きみが黒人に生まれたのは運命だから仕方ないけど、黒人の落ちこぼれに戻るか戻らないかはきみの意志しだいだ」

キャロルは、なにかの間違いではないか、と当惑して精神分析医を見つめた。もしかしたら、この男は精神的に女をいじめてからでないと催さないのかもしれない。それとも、例のダビッドソン牧師流に、女をまじめな道に導きながら犯すのが楽しいのかも。

キャロルはもう一度誘ってみることにした。手を伸ばし、いきなり彼の股間をさすってささやいた。

「ほら、ベイビー。わたしの中に入ってきな」

彼はやさしい手つきでキャロルの手を払い、彼女を目の前のひじ掛け椅子に座らせた。

こんな変な男を相手にするのはキャロルは初めてだった。ホモには見えないが、人は見かけによらないのが今日このごろだ。

「あんたの趣味を教えなよ、ベイビー。どうすんのがいちばん好きなの？　なんでもやってあげるからさ」

「ようし」

彼は応じた。

「まず、服を着なさい」

「するとあんたは——話がしたいだけなの？」

「そのとおりだ」

それからふたりは話しはじめた。朝が来るまで話しこんだ。キャロルが初めて経験する不思議な夜だった。スティーブンス医師はあらゆる話題を取りまぜて、彼女の興味や人間性をさぐろうとした。世界中で起きている紛争や、歴史や、現代社会がかかえる問題などについて、キャロルの考えを質《ただ》した。質問されるたびにキャロルは思った。

〈この人、本当はわたしの何が欲しいのかしら？〉

話題は彼女が耳にしたこともないようなことにも及んだ。それなのに、彼はキャロルを大評論家のように扱い、まじめに質問を発しつづけた。

のちに、彼女はそのときのことを思いだし、彼のどの言葉が、どのフレーズが、自分を変えたのかと考えてみるのだが、思いあたるような魔法の言葉はなかった。

理由は簡単だった。スティーブンス医師は本心から彼女に問いかけていたのだ。彼はうわべや仕事上からではなく、心で彼女と話していた。そんなことをキャロルにしてくれた大人はいままでひとりもいなかった。キャロルは生まれて初めて対等な人間として扱われ、生まれて初めて、自分の意見や感情を尊重してくれる相手に出会ったのだった。

話しこんでいるあいだに自分のあられもない姿に気づき、ベッドルームに戻ってパジャマを着たあの夜、彼もベッドルームに入ってきて、ベッドの端に腰をおろした。ふたりはそれからさらに話を続けた。キャロルは私生児であることをうち明けた。そのほか、いままで決して人に話さなかったことをあれこれうち明けた。彼女の潜在意識の奥に埋めこまれていたことまで、いろいろ掘りだして話した。そして、ついに眠りに落ちたときは、頭の中がからっぽになっていた。まるで脳の大手術を受けて、悪い膿《うみ》がすっかり洗い流されたような感じだった。

朝が来て、朝食を終えると、キャロルは彼から百ドル札を手渡された。

彼女は言いづらそうにこう言った。

「嘘ついちゃったの。ごめんなさい。昨日はわたしの誕生日じゃなかったわ」

「知っていたよ」

彼はにっこりして言った。

「でも、判事には内緒にしとこうね」

それから口調を変えてこう言った。

「そのお金を持って、いますぐここから出ていっていいよ。もう警察なんかに捕まるんじゃないぞ」

そして、こうつけ加えた。

「ところで、うちのクリニックで受付係が必要なんだけど、やってみないかね？　きみにぴったりの仕事なんだ」

キャロルは言われたことが信じられなくて、彼の顔をのぞいてみた。

「からかっているんでしょ？　わたしは速記もタイプもできないのよ」

「学校に行って習えばできるようになるさ」

キャロルは彼の顔を見つめながら、気のありそうな返事をした。

「そう言われればそうね。学校なんて言われると、ワクワクする」

そう言ったのはうわべだけで、一刻も早くこのアパートから逃げだしたいというのが彼女の本音だった。少年ギャング団がたむろするハーレムのフィッシュマンズ・ドラッグストアに行って、早く百ドル札を見せびらかしたかった。

〈これだけあれば一週間分のハッパが買えるよ〉

フィッシュマンズ・ドラッグストアに戻った瞬間、キャロルの気持ちは元の彼女に戻っていた。精神分析医とのことがまるで夢だったような、不思議な気分だった。いつものふてくされた面々。耳に入ってくるおなじみのあきらめ節。彼女は古巣に戻ってきたのだ。精神分析医のアパートとはなんという違いだろう。

とはいえ、彼女は意識の奥で何かに目覚めていた。それは、アパートの豪華さや高級な家具では決してなかった。彼の落ちつきと、誠実さ。まるで別世界にある孤島のような汚《けが》れのなさが、彼女の心に何かを残していた。

しかも、彼女はそこに引き返せるパスポートまで与えられていた。

〈いいじゃない！　やれって言うんだから、やってみようかしら。わたしに失うものはないんだから〉

キャロルはふざけ半分にやってみてもいいと思った。あのきまじめ医者はメディカルスクールで習ったとおりにやってみるつもりだろうが、他人を更生させるなんてそんな簡単にできることじゃないと思い知らせてやるのも彼にはいい勉強になるだろう、と彼女は揺れ動く胸で計算した。

やがて夜学に通いはじめたことが、キャロルは自分でも意外だった。

そのために彼女は、家具付きのアパートを引き払った。アカのこびりついた洗面台、壊れたトイレ、すり切れたブラインド、でこぼこのアイロン台。すべてがおんぼろのアパートだが、彼女が夜ごとの夢を見た舞台である。ここでキャロルは、ハンサムでお金持ちのプリンスたちに抱かれ、結婚してくれとせがまれ、パリやロンドンやローマに住む美しい資産家令嬢の仲間入りをする夢を見てきた。夢は、彼女の体の上になった男たちが果てては転げるたびに消えた。次の男の登場で夢はよみがえるが、実現することはついになかった。

彼女は、部屋もプリンスたちの幻影をもふり返ることなく、家族の住むアパートに戻った。

夜学に通っていたあいだ、スティーブンス医師が学費と生活費の一部を援助してくれた。おかげでキャロルは最優秀の成績でハイスクールを卒業することができた。卒業式にはスティーブンス医師も出席してくれた。彼の灰色の目が誇らしげだった。誰かが信じて見守ってくれる喜びをキャロルは式の日にかみしめた。もう名もない風来坊ではなく、期待される若者になったのだ。

ハイスクールを終えると同時に、夜学の秘書コースに進んだ。昼間はレストランや商店などで日給のアルバイトを続けた。

秘書コースを修了するとすぐ、スティーブンス医師のクリニックに受付係として採用された。給料は申し分なかった。彼女はさっそく自立することにした。

この四年間、スティーブンス医師の彼女に対する態度は一貫して変わらなかった。最初の夜に彼が見せた威厳と礼儀正しさはいまもそのままだ。はじめのころは、彼女も、自分の過去を知っているスティーブンス医師だからいずれ気やすく接してくるだろうと踏んでいたが、ほどなく自分の考えが間違っていたことに気づかされた。決して過去を参照せず、〝現在その人がどんな心構えでいるか〟だけが、人間を評価するときのスティーブンス医師の基準だったからだ。

スティーブンス医師は常に紳士だったし、キャロルが面倒に巻きこまれたときは必ず相談に乗ってくれた。ついこのあいだも、彼女はチックのことでスティーブンス医師に相談しようと思っていたのだが、言いだしきれずに、その件はそのままになっていた。

スティーブンス医師に喜んでもらえるならどんなことでもするつもりのキャロルだった。一緒に寝たいと言われたら拒まないだろうし、頼まれたら人殺しだって……。


そしていま、目の前にいる殺人課の刑事たちふたりがスティーブンス医師に会いたいという。

マックグレビーという歳をとったほうの刑事がさらに脅《おど》しをかけてきた。

「どっちがいいんだね？　先生に署に来てもらうか、それともここで話して済ませるか」

「治療中は絶対じゃましないように先生から厳命されているんです」

キャロルはそう言ったものの、マックグレビー刑事の目の表情を見て言い直した。

「いちおう連絡してみます」

彼女は内線通話のボタンを押した。三十秒間返事がなかった。やがてスティーブンス医師の声が受話器から響いてきた。

「イエス？」

「ここに殺人課の刑事さんがふたり来ていて、先生にお会いしたいと言っているんですが」

スティーブンス先生の声に何か変化はないか……そわそわしたり……急にびくついたり……キャロルは耳をすませたが、いつもと変わらないスティーブンスの声だった。

「待っていてもらいなさい」

そう言ったきりで通話は切れた。

医師の言葉にキャロルは勇気百倍を得て、気持ちを取りなおした。

〈わたしは警察が苦手だけど、うちの先生はあなたたちなんかにびくともしませんからね〉

キャロルは勝ち誇ったように顔を上げた。

「いまお聞きになったとおりです」

「ひとりの患者さんにはどのくらい時間がかかるんですか？」

そう訊いたのは若いほうの刑事アンジェリだった。

キャロルは机の上の時計にちらりと目をやった。

「あと二十五分はかかるでしょうね。今日の最後の患者さんです」

ふたりの男は顔を見合わせた。

「待とう」

マックグレビー刑事がそう言ってため息をついた。

刑事たちは椅子に腰をおろした。マックグレビー刑事の方がしきりにキャロルの様子を観察していた。

「あんたには見覚えがあるな」

歳とったほうの刑事はついにそう言いだした。

行く先々でサツ風を吹かせ、イヌ根性を捨てきれないのが刑事という人種だ。キャロルはさりげなくかわした。

「他人の空似でしょ」


きっかり二十五分後、「カチャン」とドアノブの回される音がした。それからすぐドアが開き、ジャド・スティーブンス医師がオフィスから出てきた。彼はマックグレビー刑事の姿を見て、一瞬、戸惑いの表情を見せた。

「前にどこかでお会いしましたね」

そう言ったものの、医師はどこで会ったか思いだせなかった。

マックグレビー刑事は無表情でうなずいた。

「そのようですな……警部補のマックグレビーです」

そう自己紹介してから、彼は若い相棒をあごで指し示した。

「こちらはフランク・アンジェリ刑事」

ジャドとアンジェリは握手を交わした。

「どうぞ中に入ってください」

男たちがジャドのオフィスに入ると、ドアが閉められた。キャロルは男たちを見送りながらあれこれ分析を試みた。背の高い刑事の方はスティーブンス先生に対してとてもぞんざいだった。でも、あの男は誰に対してもそうなのかもしれない。しかし、いくら考えても、キャロルにはまったく筋が読めなかった。ひとつだけ確かなことがあった。ワンピースはクリーニングに出さなければ、もう使えそうにないことだった。

ジャドのオフィスは、フランスの田舎住まいを想定して内装されている。事務机のたぐいは置かれていない。そのかわりにあるのは、何脚かの安楽椅子と、椅子の横の小テーブル、それに、部屋のあちこちに置かれているいわくありげなアンティークのランプ類である。オフィスの奥にはプライベートなドアがあり、そこを開けると廊下に出られる。フロアにはきれいに模様編みされた田園風景のじゅうたんが敷かれ、部屋のすみにはダマスク織りのかかった座り心地のよさそうな長椅子が置いてある。

医者はふつう、メディカルスクールの修了証を額に入れて診察室の壁にかけておくものだが、ジャドのオフィスにはそれがなかった。マックグレビー刑事は目ざとくそれに気づいていたが、そのことについては文句のつけようがなかった。なぜなら、刑事は医師の過去をあらかじめ調べてからここにやって来たからだった。調べた結果、スティーブンス医師には壁にかけきれないほどの修了証や賞状のあることがわかった。

「精神科医の診察室に入るのは初めてですよ」

若い方のアンジェリ刑事は、感心した様子を顔にあらわしながら言った。

「うちもこんなふうにすがすがしいといいんだけど」

「患者さんにリラックスしてもらうためですよ」

ジャドが気軽な調子で応じた。

「ついでですが、わたしは精神科医ではなくて精神分析医なんですが」

「失礼しました」

アンジェリ刑事は素直にあやまった。

「でも、精神科医と精神分析医ではどう違うんですか？」

「一時間につき五十ドルも違うんだよ」

マックグレビー刑事が茶化して言った。

「相棒は世間知らずでね」

〈相棒！〉

ジャドはその言葉を聞いて急に思いだした。〝マックグレビー刑事〟たしかそういう名前だった。顔も今はっきり思いだした。酒屋に強盗が入り、駆けつけたマックグレビー刑事とその相棒は犯人に撃たれ、相棒は死に、マックグレビー刑事は重傷を負った。あれは五年前だったか、それとも四年前だったか？　アモス・ジフランという名のちんけな風来坊が容疑者として逮捕された。ジフランの弁護士は、心神喪失を理由に依頼人の無罪を主張した。ジャドは専門家として呼ばれ、ジフランを診断することになった。ジフランは回復の見込みがないほど心神を喪失していた。ジャドの診断の結果、ジフランは死罪をまぬがれ、療養施設送りになった。

「それで思いだしました」

ジャドが背の高い方の刑事に向かって言った。

「ジフラン事件であなたは銃弾を三発受け、同僚のかたが亡くなられたんでしたね」

「こっちも思いだしましたよ」

マックグレビーが答えた。

「それであんたが、あいつを逃がしたあのときの先生」

「今日はまた何のご用ですか？」

「二、三訊きたいことがあるんですな、先生」

マックグレビー刑事はそう言って相棒にうなずいた。アンジェリ刑事が、持ってきた小包のひもをほどきはじめた。

「先生に確認してもらいたいものがあるんですよ」

言葉に漏れがないよう、マックグレビーの言い方は慎重だった。

アンジェリは包みを開け、中からつるつるの黄色いレインコートを取りだした。

「これに見覚えがありますか？」

「わたしのと似ているな」

ジャドはまずびっくりした。

「先生のじゃないかね。裏に名前が縫いこまれてるけど」

「どこで見つけたんですか？」

「どこで見つけたと思うんですか？」

ふたりの男の態度も口調も急に取り調べくさくなった。顔の表情も微妙に変わっていた。

ジャドはマックグレビー刑事の様子を観察しながら、棚からパイプを取りだし、それにタバコの葉を詰めはじめた。

「これはどういう向きの調べなのか、まず説明していただきましょう」

ジャドは落ちついた口調で言った。

「レインコートが問題なんですよ、先生」

マックグレビーが言った。

「もし先生のだったら、いつどうして先生の手から離れたのか、そこのところを知りたいと思いましてね」

「べつに不思議なことは何もありませんよ。今朝家を出るとき、霧雨が降っていましたから、これをはおってきたんです。釣り用のレインコートなんですが、ふだんわたしが愛用しているコートはあいにくクリーニングに出してあったので、これを使っただけです。今日わたしのところに来た患者さんのひとりがコートを着ていませんでした。ところが、彼が帰るころに雪が激しくなりだしましてね。それで、その患者さんにこのレインコートを貸してやったんです」

ジャドは話をやめて急に心配そうな顔をした。

「彼に何かあったんですか?」

「誰に何かあったって?」

逆にマックグレビーが訊き返した。

「わたしの患者の――ジョン・ハンソンですよ」

「大当たりです」

アンジェリがやさしい口調で言った。

「ハンソン氏がこれを返しに来られないのは、すでに死人になってしまったからです」

小さなショックがジャドの体をかけぬけた。

「死んだですって?」

「誰かに背中をナイフで刺されてね」

マックグレビーの口調はあいかわらずぞんざいだった。ジャドは信じられない思いでマックグレビー刑事の顔を見つめた。マックグレビーは相棒からコートを取りあげると、それを裏返してジャドの目の前に突きだした。裏地には、ナイフで切られたと分かる大きな穴があき、そのまわりには黒ずんだ血痕がべっとりとついていた。ジャドは吐き気に襲われてウッとなった。

「彼を殺すなんて……誰が……やったんでしょう？」

「それを先生から聞けると思っておじゃましたんです」

そう言ったのはアンジェリだった。

「彼に何か深刻な問題があるとしたら、精神分析医の先生がいちばんそれをよく知っていると思いまして」

ジャドはたまらずに首を横に振った。

「事件はいつ起きたんですか？」

その問いにはマックグレビーが答えた。

「今朝の十一時。おたくからほんのちょっと行ったところのレキシントン大通りでね。倒れるところを見た人間が何人かいるはずなんだが、キリストの誕生を祝うのに忙しくて、誰も手を貸さなかったらしい。かわいそうに、雪の中に倒れたまま出血多量で死んじまった」

ジャドは気づかずにテーブルの端を握りしめていた。彼のこぶしはまっ青だった。

「ハンソンさんは今朝何時にここに来たんですか？」

「十時ですけど」

「先生のセッションはどのぐらい時間がかかるんですか？」

「五十分です」

「ハンソン氏はセッションが終わるとすぐここを出たんですか？」

「ええ、そうです。次の患者さんがひかえていましたから」

「帰るとき、受付の前は通るんですか？」

「いいえ。来るときは受付を通ることになっていますけど、帰るときはそのドアから廊下を通って玄関に出ます」

そう言って、ジャドは廊下に通じる部屋の奥のドアを指さした。

「そこから帰れば受付の前は通りません」

マックグレビーはうなずいた。

「ハンソンはおたくを出ると数分して殺されたわけですよ。ところで、彼は、なぜおたくに来ていたんですか？」

ジャドはためらった。

「申しわけないが、患者の秘密を漏らすわけにはいかないんです」

「殺人事件なんですよ」

マックグレビーが言った。

「被害者は悔しい思いをしているでしょう。彼のためにも、犯人を捜すのに協力してくれませんかね？」

タバコの葉が燃えつきて、ジャドのパイプの中は灰だけになった。ジャドは葉を詰めなおして、それにもう一度火をつけた。

「先生のところには、どのぐらいかかっていたんですか？」

今度はアンジェリの質問だった。おなじみ、警察のチームワークによる尋問である。

「三年です」

「ハンソンさんの悩みは何だったんですか？」

ジャドは話すべきかどうか迷った。今朝のジョン・ハンソンの喜び勇んでいる明るい顔が思いだされた。新しい自由に向かって彼は元気いっぱいだった。

「彼は同性愛者だったんです」

「またかい！」

マックグレビーがうんざりした顔で言った。

「同性愛者だったんですよ」

ジャドは説明した。

「ハンソンさんは正常に戻ったんです。もう来なくていいと、今朝彼に話したばかりです。これからは家族と正常に暮らせるはずでした。奥さんと、ふたりの子持ちですから——でしたから」

ジャドは過去形で言いなおした。

「家族持ちのホモ？」

マックグレビーの質問だった。

「よくあることですよ」

「すると、彼と別れたくない〝遊び友達〟に狙《ねら》われたのかな？　痴話げんかになって背中を刺されたのかもしれない」

ジャドは考えながら言った。

「それはありうるでしょうね。でも、わたしにはそうは思えません」

「どうしてですか、先生？」

アンジエリが訊いた。

「それはですね、ハンソンさんにはもう一年以上も〝遊び友達〟なんていないんですよ。むしろ、辻強盗にでもやられたんじゃないですかね？　彼はおとなしく手を上げるよりも、抵抗するタイプですから」

「勇敢な子持ちのホモか？」

マックグレビーはそう言うとポケットから葉巻を出し、それをくわえて火をつけた。

「強盗説にはひとつだけ問題がありますな。財布が手をつけられずに残っているんですよ。中には百ドル以上入っていたんですがね」

マックグレビーは精神分析医の反応を見守った。アンジェリが口を開いた。

「もし犯人が頭のおかしなヤツなら、対象がしぼれて、見つけるのも楽なんですがね」

「そうとはかぎりませんよ」

ジャドはそう言って窓辺に寄り、外を見下ろした。

「この人込みを見てください。あの中の二十人にひとりが精神科のやっかいになったことがあるか、これから精神科に行かなければならない人たちなんです」

「でも、もし頭がおかしいなら……」

「見かけだけでは人の異常はわかりません」

ジャドは説明した。

「あきらかな心神喪失による事件ひとつに対して、正常とも異常とも診断のつかないケースがその十倍もあるんです」

マックグレビーが急に興味を示してジャドを観察した。

「人間の内側のことをよくご存じのはずですからな、先生は」

「人の性質ほど奥深くておもしろいものはありませんよ」

ジャドは刑事たちを相手に説明を続けた。

「動物の性質もおもしろいですが、人間のは、その数段上回っています。ウサギやトラやリスやゾウと比べてみればわかります」

「先生はどのくらい精神分析医をやっているんですかね？」

マックグレビーが訊いた。

「十二年ですが、どうしてですか？」

マックグレビーは肩をすぼめた。

「先生みたいにいい男なら、患者に惚れられることもありますわな？」

ジャドの目が冷たくすわった。

「質問のポイントがよくわかりませんが」

「とぼけないでくださいよ、先生。あるに決まってるじゃないですか。おれたちは男同士なんだから、本音で話しましょうや。ホモが精神分析医に相談に来たら、ハンサムな先生がいたというわけですよ」

彼はここで急に声をひそめて秘密めかした。

「三年間も先生の前の長椅子に横になっていて、ホモが一度もその気を起こさなかったとでも言うんですかい？」

ジャドは表情を変えずに相手を見つめた。

「あなたが言う男同士の話というのはそんな程度なんですか、警部補さん？」

マックグレビーはひるまなかった。

「大いにありえたんじゃないですか。もうひとつの可能性はこういうことですかな？　つまり――先生はさっき、ハンソンにもう来なくていいと言ったそうですね。彼はそれでカチンときたのかもしれないな。三年間も先生を頼りにしてきたから、いまさら来なくていいと言われて、途方に暮れたか？　それで、先生とけんかになったんではないんですか？」

ジャドの顔が怒りで黒ずんだ。

アンジエリがふたりのあいだに割って入った。

「ハンソンさんを憎んでいたような人間に心当たりはありませんか？　それとも、ハンソンさんが憎んでいた人はいませんか？」

「もし、そういう人間がいたのなら」

ジャドは怒りをおさえて言った。

「ここでちゃんと話しますよ。ジョン・ハンソン氏のことはなんでもよく知っているつもりです。彼は温厚な性格に恵まれたという点で幸せな人でした。誰かを憎んでいるとか、誰かに憎まれているとかは、とても考えられませんね」

「立派な先生に診てもらって、たしかに幸せな男だ」

マックグレビーが皮肉っぽく言った。

「彼のカルテ類はいただけるんでしょうな？」

「いいえ、それはできません」

「なんなら、裁判所の命令をもらったっていいんですよ」

「だったら、そうしてください。どうせ警察の捜査に役立つようなものは何もありませんから」

「では、警察に渡してくれてもなんの害もないんじゃないですか？」

そう言ったのはアンジエリだった。

「ハンソン氏の奥さんや子供たちが傷つきます。カルテを調べるなんて見当違いです。おそらく、ゆきずりの犯行だと思いますがね」

「ほう。先生もなかなか推理しますな。でも、こういうことはわれわれに任せてください。たぶん、そういうことではないでしょうから」

マックグレビーが意味ありげに言った。

アンジエリはレインコートを包みなおし、それをひもでくくった。

「検査のために、これはもう少しお預かりします」

「どうぞ」

マックグレビーは出口に通じる奥のドアを開けた。

「またお邪魔することになるでしょうからよろしく、先生」

マックグレビーが出ていくと、アンジェリは精神分析医に会釈《えしゃく》してから相棒のあとを追った。

ジャドは怒りがおさまらずに、しばらくその場に立ちつくしていた。そこにキャロルが入ってきた。

「大丈夫ですか？　何かあったんですか、先生？」

キャロルは遠慮がちに訊いた。

「ジョン・ハンソン氏が誰かに殺されたんだ」

「殺されたですって？」

「ナイフで刺されてね」

「まあ、そんな！　でも、どうしてですか？」

「警察にもわからないらしい」

「怖いわ！」

彼女がふと見ると、ジャドの目には苦悩の表情があった。

「わたしに何かできることがあったら言ってください」

「オフィスを閉めておいてくれるかな、キャロル。わたしはこれからハンソン夫人に会いにいってくる。この知らせはわたし自身が届けてやらなければ」

「わかりました。あとのことは心配しないでください」

「じゃあ、頼むよ」

そう言って、ジャドはオフィスを出ていった。

三十分後、キャロルがすべての書類をしまい終え、机にカギをかけているときだった。階段のドアが開いた。六時を過ぎていたので、ビルの管理人もいなくなっていた。キャロルが顔を上げると、男がひとり、ニヤニヤしながらこちらに近づいてきた。

第三章

ジョン・ハンソンの妻メアリーは人形のように顔かたちの整った美女だった。小柄で、かわいらしくて、顔の造作の繊細なところがとくに印象深かった。

外見はいかにも弱々しく、従順な南部女性のように見えた彼女だが、その内実は、テコでも動かぬしっかり者だった。

ジャドは、彼女の夫のセラピーが始まってから一週間後に彼女に会っていた。当時、彼女は夫が精神分析医のセラピーを受けることに猛反対していた。ジャドは夫婦間でよく話しあってくれるよう夫人を説得した。

「精神分析医のセラピーがどうしてそんなに嫌なんですか？」

「頭のおかしな男と結婚したって皆に言われるのが嫌なんです」

そのとき彼女はジャドにそう言った。

「わたしと離婚してくれるよう、先生からうちの人に言ってください。別れたあとなら、何をしようとあの人の自由ですから」

いま離婚したら彼は完全にダメになってしまう、とジャドは夫人に言い聞かせた。彼女はかなり怒っていた。

「いまさら失うものなんかないわ！　彼はもともとダメ男なんだから」

メアリーはわめいた。

「ホモだって知っていたら、わたしが結婚していたと思うの？　あの人は女役なのよ！」

「どんな男性にも女性的なところはあるものですよ」

ジャドはねばり強く説得した。

「どんな女性にも男性的なところがあるようにね。あなたのご主人の場合は心理的に問題がありますから、そこを克服しなければなりません。彼はいま、そのための努力をしている最中なんです。あなたもお子さんたちも、ぜひ協力してやってください」

彼は三時間以上もかけて夫人に懇々《こんこん》と言って聞かせた。夫人はついに折れて、しぶしぶながら離婚の意思を引っこめた。それから数か月するうちに、彼女もセラピーの効果に興味を持つようになり、夫の闘いに加わることになった。ジャドは自分の方針として、夫婦ともには治療を引き受けないことにしていたのだが、メアリーのたっての願いで彼女にもセラピーを施すことにした。結果はたいへん良好だった。彼女も妻として欠けている部分に気づき、それが、ジョンの正常化への進歩を劇的に早めることになった。


そして、ジャドはいま、その夫人に、ご主人はあっさり殺されましたと伝えにきたのだ。

夫人は、耳にしたことが信じられなくて精神分析医を見上げた。彼女としては何かの悪ふざけだとしか思えなかった。

やがて現実を理解するときが来た。

「あの人がもう帰ってこないですって！」

夫人は悲鳴を上げた。

「あの人はもう帰ってこないんだわ！」

彼女は顔をクシャクシャにして自分の着ていた服を引きちぎりはじめた。その姿は傷ついた動物のように苦しそうだった。そこに六歳の双子の姉妹が入ってきた。その瞬間から、家の中は涙の嵐に見舞われた。ジャドは子供たちをなだめ、近所の家に連れていき、とりあえずそこでしばらく預かってもらうことにした。ハンソン夫人には鎮静剤を与え、あとは家庭医にひきついでもらった。騒ぎがおさまり、自分の役目を終えたところで、ジャドはハンソン家をあとにした。

ハンドルを握ってからも、ジャドはただボーッとなって車を動かしつづけた。頭に浮かんでくるのは、地獄から脱出しようとするハンソンのがまん強い闘いぶりと、あの勝利の瞬間の彼の喜ぶ顔だった。

なんというあっけない幕切れなのだろう。ホモ仲間に襲われたのだろうか？　ハンソンに捨てられてた恋人が激情にかられてやったのか？　その可能性はもちろんある。だが、ジャドは違うと思った。

ハンソンはジャドのオフィスからほんの一ブロックほどのところで殺されたのだ、とマックグレビー警部補は言っていた。そのへんも解《げ》せないところだった。もし憎しみにかられたホモの恋人が犯人だとしたら、あんな道ばたではなく、ハンソンをどこか人目につかないところに誘い、戻ってくるように説得するとか、泣きつくとかしたはずだ。つき合っていた者が衆人環視の中でナイフを引き抜き、恋人を刺して逃げるとは常識では考えられない。

前方の曲がり角に公衆電話のブースがあった。それを見て、ジャドは、医師仲間のピーター・ハドレー夫妻と夕食をする約束になっていたことを思いだした。夫妻とはいちばん親しい仲だったが、今日のジャドは誰とも会う気がしなかった。

彼は車を歩道に寄せて止めた。それからブースに入り、ハドレー家の番号を押した。電話に出たのはピーターの妻のノーラだった。

「遅いじゃないの！　いまどこなの？」

「じつは、ノーラ」

ジャドは説明した。

「すまないが、今日は失礼させてもらおうと思っているんだ」

「それはダメよ」

彼女は一蹴《いっしゅう》した。

「妙齢のブロンドさんを呼んであるのよ。もうここにいて、あなたが来るのを心待ちにしているわ」

「それは別の日にしてくれないか」

ジャドは応じなかった。

「本当に今日はダメなんだ。その人には謝ってもらうよ」

「いやね、医者っていう人種は！」

ノーラはぶうたれた。

「でも、ちょっと待ってね。あなたのお仲間につなぐから」

受話器からピーターの声が聞こえてきた。

「どうしたんだい、ジャド？」

ジャドはためらいがちに言った。

「いや、ちょっと嫌なことがあってね。事情は明日話すよ」

「スカンジナビアの食べ放題のごちそうをミスることになるんだぞ。おいしそうなのにな。わかるだろ、おれの言う意味が？」

「別の機会に紹介してもらうよ」

受話器からささやき声が漏れて、ノーラの声がふたたび響いてきた。

「彼女はクリスマスのディナーにも来るって言ってるんだけど。あなたはどう？　来られる、ジャド？」

ジャドは返答に窮《きゅう》した。

「そのことはまたあとで話すよ、ノーラ。とにかく今夜はすまなかった」

ノーラのお節介焼きをなんとかやめさせなければ。そう思いながらジャドは受話器を置いた。


ジャドは学生時代に一度結婚していた。相手のエリザベスは同じ大学で社会科学を専攻する、温かくて、明るくて、愉快な女子学生だった。熱烈に愛しあう若いふたりは、生まれてくる子供たちのための未来改革の夢に満ちあふれていた。

結婚して最初に迎えたクリスマスの日、エリザベスと生まれてくるはずだった子供は、車同士の正面衝突事故で死亡してしまった。

以来、ジャドは狂ったように勉学に没頭し、やがて米国有数の精神分析医と呼ばれるまでになった。だが彼はいまでも、クリスマスを祝う皆の仲間には入れなかった。クリスマスはむしろ死んだエリザベスや子供のためにあるのだと自分に言い聞かせても、やはりその気持ちは変わらなかった。

ジャドはドアを押し開けてブースの外に出た。若い女性がひとり、電話が空《あ》くのを待ってそこにたたずんでいた。胸にぴったりのセーターに、ミニスカートをはき、明るい色のレインコートを着た美人だった。ジャドはブースを出ながら言った。

「待たせてごめん」

彼女はにっこりして答えた。

「いいんです」

彼女の顔にはどこか物悲しげな陰があった。ジャドがときどきお目にかかる表情だ。彼が無意識に張りめぐらせてしまう塀を残念に思う、女性特有の寂しげな顔である。

ジャドは自分の魅力には無頓着だ。女性を引きつける自分の長所に気づいていたとしても、それは潜在意識の中にしまいこんでしまっている。どうしてなのか分析したことはない。女性にもてるということは、精神分析医としては、人徳というよりもむしろハンディである。私生活も乱されるし、仕事にも支障をきたすことになるからだ。

ジャドは親しそうにうなずいて若い女性の横を通りぬけた。女性は雨の中に立ったまま、彼のうしろ姿を見送った。今日もまたジャドは、女性の視線を感じながら車に乗りこむことになった。

ジャドはイーストリバー通りに入り、メリットパークウェーを目指した。一時間半後は、コネチカットターンパイク上を走っていた。ニューヨークの街に積もる雪はすぐぬかるみになってしまって汚らしいが、同じ吹雪が、コネチカットの風景を奇跡のように〝クーリエ＆アイブズ〟風の絵はがきに変えていた。

彼はひたすら車を走らせた。ウエストポートを過ぎ、ダンバリーも過ぎた。周囲に広がる冬景色と、通りすぎていく街並みの変化で気をまぎらした。考えがジョン・ハンソンのことに及ぶたびに、頭の中をふり払ってほかのことに置きかえた。

暗闇に包まれたコネチカットの田舎道に車を走らせて何時間たっただろうか。精神的にもぐったり疲れたところで、ジャドは車をようやくUターンさせ、家路についた。

いつも彼を笑顔で迎えてくれる赤ら顔のドアマン、マイクはなぜか今夜は視線が定まらず目がうつろだった。なにか家庭騒動でもあったのだろう、とジャドは推測した。いつもなら、マイクのティーンエージャーの息子と嫁にいった娘たちを話題にしてこのドアマンとおしゃべりをするジャドなのだが、今夜の彼は誰とも話す気になれなかった。ただ車をガレージにしまってくれるよう言うのがやっとだった。

「かしこまりました、ドクター・スティーブンス」

マイクはほかにも何か言いかけたが、途中でやめてしまった。

ジャドは建物の中に入っていった。ロビーで支配人のベン・カーツとすれ違った。支配人は急いでいる様子で、ジャドに向かってちょっと手を振っただけであわてて自室の中に消えていった。

〈今日はみんなが変だ。いったいどうしてしまったんだ？　それとも自分の神経がおかしいからそう思えるのか？〉

ジャドはそんなふうに考えながら、エレベーターの中に足を踏み入れた。

エレベーター係のエディーがにこっとした。

「こんばんは、ドクター・スティーブンス」

「こんばんは、エディー」

エディーはつばをゴクリとのみ込むと、意識的に顔をそむけた。ジャドはついに耐えられなくなった。

「どうかしたのか？」

エディーはあわてて首を振り、ふたたび目をそらした。

やれやれ、とジャドは思った。

〈うちの長椅子に座る候補者がまたひとり増えたか〉

今夜のビル内にはセラピー候補者がうようよいた。

エディーがエレベーターのドアを開けると、ジャドは廊下に出た。自分のアパートに向かって歩きはじめたが、エレベーターの閉まる音が聞こえなかったので、変に思ってうしろをふり返ると、エディーがまだこちらを見つめていた。ジャドが話しかけようとすると、エディーはあわててエレベーターのドアを閉めてしまった。ジャドは自分のアパートのカギを開け、中に入った。

アパートの中のすべての照明が点灯していた。なんと、マックグレビー警部補が居間の引き出しを開け、中身をごそごそかき回しているではないか！　アンジェリもいた。彼は寝室から出てくるところだった。ジャドの体の中で怒りの炎がめらめらと燃えあがった。

「わたしのアパートであなたたちはいったい何をやっているんですか!?」

「あんたを待ってたんですよ、先生」

マックグレビーが例のぞんざいな調子で言った。

ジャドは警部補の前に歩み寄り、引き出しをピシャリと閉めた。警部補はあやうく指をはさまれるところだった。

「どうやってここに入ったんですか？」

「捜査令状を取ってあります」

そう答えたのはアンジェリだった。ジャドは信じられない思いでアンジェリをにらみつけた。

「捜査令状だって？　わたしのアパートを？」

「それに、尋ねたいこともあるんでね、先生」

マックグレビーが言い添えた。

「答えたくなかったら、答えなくてもいいんですけどね」

警部補を継いでアンジェリが決まり文句を述べた。

「弁護士を呼ぶこともできます。あなたがこの場で答えたことは法廷で証拠として使われることもあります」

「弁護士を呼びますかね？」

マックグレビーが嫌みたっぷりに訊いた。

「弁護士なんて必要ありません。前にも話したとおり、あのレインコートは今朝ジョン・ハンソン氏に貸してあげたもので、午後あなたたちが持ってくるまで一度も目にしていないんです。わたしが犯人のはずはありませんよ。わたしは一日じゅう患者の相手をしていたんですから。受付のロバーツさんがそれを証明してくれるはずです」

マックグレビーとアンジェリは黙って顔を見合わせた。

「先生は今日の夕方、オフィスを出られてから、どこに行かれたんですか？」

アンジェリに訊かれて、ジャドは答えた。

「ハンソン夫人のところですけど？」

「それはわかってますよ」

マックグレビーが言った。

「そのあとのことですよ、われわれが知りたいのは」

ジャドは口ごもった。

「ドライブしてたんですけど」

「どこをですか？」

「コネチカットまで行きました」

「夕食をとったところは？」

マックグレビーが訊いた。

「食欲がなかったので、夕食はとりませんでしたよ」

「すると誰にも会わなかったわけですな？」

ジャドはちょっと考えた。

「そうですね。誰にも会っていませんね」

「ガソリンスタンドはどうですか？」

アンジェリが助け船を出してくれた。

「いいえ」

ジャドは首を横に振った。

「ガソリンスタンドにも寄りませんでした。でも、だからって、何がどう違うっていうんですか？　ハンソン氏が殺されたのは今日の朝なんでしょ⁉」

「では今日の夕方、オフィスを出てからいったん戻らなかったかね？」

マックグレビーが気やすい口調で言った。

「いいえ」

ジャドはそう答えて、すぐに訊き返した。

「どうしてですか？」

「侵入された形跡があるもんでね」

「何ですって？　誰が侵入したですって？」

「それはわからない」

マックグレビーが言った。

「一緒に来て、あれこれ調べてみてくれませんか。オフィスの主なら、何がなくなったかわかるでしょうから」

「もちろんわかりますよ」

ジャドは答えた。

「侵入されたことを誰が警察に届けたんですか？」

「夜間警備員です」

答えたのはアンジェリだった。

「先生はオフィスに何か貴重品を置いていますか？　たとえば現金とか、ドラッグとかそういうものなら何でもけっこうです。教えてください」

「現金が少しありますね」

ジャドが答えた。

「麻薬類はありません。盗んで価値のあるものなんて、何もありません。あんなところに押し入ったってなんの得にもなりませんよ。変ですね」

「まったくね」

マックグレビーが言った。

「では行くとするか」

エレベーターに乗ると、オペレーターのエディーがすまなそうな顔をした。視線を合わせたジャドは、〝いいんだよ〟と伝えるためにうなずいた。

自分のオフィスに押し入るバカがどこにいる、とジャドは思った。警察だってそう思っているはずだ。なのに、マックグレビー警部補の動きから、ジャドは、自分が標的にされているとしか思えなかった。考えられる理由はただひとつ。相棒を殺した犯人を逃がしたことに対する恨みからなのだろう。あれは五年前に起きた事件だ。それから今日まで、マックグレビー警部補は仕返しするチャンスを虎視眈々と狙っていたのだろうか？

民間の車に偽装した警察の車が玄関の近くに駐《と》められていた。三人はその車に乗りこみ、無言のままジャドのオフィスへ向かった。

オフィスのビルに着くと、ジャドはロビーで登録のサインをすませた。警備員のビジローが怪訝《けげん》そうな顔でこちらを見ていた。そう思ったのはジャドの気のせいだったろうか？

三人はエレベーターで十五階までのぼり、廊下を歩いてジャドのオフィスの前まで来た。ドアの前には制服を着た警官が見張っていた。警官はマックグレビーを見ると、うなずいて道をあけた。ジャドがポケットからキーを取りだした。

「カギは開いています」

アンジエリがそう言ってドアを開けた。ジャドを先頭にして三人は中に入った。

受付はメチャクチャだった。引き出しという引き出しが引き開けられ、書類が床に散乱していた。ジャドは怒りがむらむらと腹の底からわき上がるのを感じながら、信じられない思いでその場の惨状を見つめた。

「侵入した連中は何を探していたんだと思いますかね、先生？」

マックグレビーが訊いた。

「見当もつきません」

ジャドはそう答えて奥へ行き、オフィスのドアを開けた。すぐうしろにマックグレビー警部補がついていた。オフィスの荒らされ方もすごかった。小テーブルが二つひっくり返され、たたき割られたランプが床に転げていた。床の中央に敷かれていたじゅうたんが血を吸ってまっ赤に染まっていた。

部屋のいちばん奥の端にグロテスクな格好で横たわっていたのは、キャロル・ロバーツの死体だった。彼女は素っ裸だった。うしろに回された両手はピアノ線でゆわえつけられ、顔には硫酸がかけられていた。硫酸は顔だけでなく、胸にも、股の裂け目にもかけられていた。顔は殴打されて黒くはれあがり、丸められたハンカチが口の中に押しこまれていた。

ふたりの刑事は、死体を見つめるジャドの様子を見守った。

「顔色がよくありませんね」

アンジェリが声をかけた。

「まあ、かけてください」

ジャドは首を横に振って何度か深呼吸をした。ようやく口を開いたときの彼の声は怒りで震えていた。

「誰が――いったい誰がこんなひどいことをするんだ⁉」

「それを先生から聞こうと思ってね」

マックグレビーが言った。

ジャドは警部補を見上げて言った。

「キャロルにこんなひどいことをする人間なんていないはずだ！　人を傷つけるような子ではないんだから」

「そろそろ出し物を変えたほうがいいんじゃないですか、先生？」

マックグレビーが意地悪く言った。

「ハンソンを傷つけるような人間はいないはずだ。先生はそう言ったけど、彼は背中にナイフを刺しこまれた。キャロルにひどいことをする人間なんていないはずだとおっしゃっても、現に彼女は硫酸をかけられ、拷問されて死んじまった」

ここで警部補の口調が厳しくなった。

「それなのに、あんたはふたりを傷つける者はいないと言い張る。何なんですか、先生は。耳が聞こえないんですか？　目が見えないんですか？　この女の子は四年間も先生のところで働いていたんでしょ？　それに、先生は精神分析医ですわな。この女の子の私生活に関心がない、私的なことは何も知らないとでも言うんですか？」

「もちろん関心を持ってましたよ」

ジャドは語調を強めて言った。

「彼女にはボーイフレンドがいて、結婚することになっていました――」

「チックのことだな。その男の話はもう聞いたよ」

「彼が犯人のはずがありませんね。ちゃんとした青年だし、キャロルをとても愛していましたから」

「生きているキャロルを先生が最後に見たのはいつでしたか？」

アンジェリの質問だった。

「さっきも言ったじゃないですか。ハンソン夫人のところへ出かけるときですよ。わたしはキャロルに戸締まりを頼んでオフィスを出たんです」

ジャドの声は裏返っていた。言い終わると、彼はつばをのみ込んで大きなため息をついた。

「今日の診察スケジュールはすべて終了していたんですか？」

「ええ」

「頭のおかしな人間の仕業《しわざ》だと思いますか？」

「こんなひどいことをするんですから、犯人はよっぽどおかしいんでしょう。でも――どんなにおかしな人間でも何か動機があるはずです」

「そのとおり」

しばらく黙っていたマックグレビーが口をはさんできた。

ジャドはキャロルの遺体に目をやった。不自然な角度で曲がる首や手足。凌辱《りょうじょく》され、命を奪われた遺体は、捨てられた人形のように哀れだった。

「あんたがたは、あの子をいつまであんなふうにしておくんですか⁉」

ジャドは怒りをこめて言った。

「すぐに片づけます」

アンジエリが言った。

「検死官と殺人課の捜査官たちが調べを終えましたから」

ジャドはあえて顔をマックグレビーに向けた。

「わたしに見せるために彼女をこのままにしていたんですか？」

「そうですよ」

マックグレビーはそっけなく答えた。

「もう一度訊きますよ、先生。このオフィスには何か貴重品でもあったんですか？」

彼は遺体の方をあごで示した。

「誰かがあんなことをしてまで手に入れたいものが？」

「いいえ、そんな物はありません」

「患者の記録はどうですか？」

ジャドは首を横に振った。

「あり得ません」

「先生は捜査に協力的じゃありませんな」

警部補の指摘は言いがかりだった。

「誰がやったにしろ、警察に早く犯人を挙げてもらいたいと、わたしが思っているのがわかりませんか？」

ジャドはピシャリと言った。

「わたしのファイルの中に捜査に役立つものがあったら、喜んでお見せしますよ。患者のことはわたしがいちばんよく知っているんです。キャロルを殺すような人間はひとりもいません。これは部外者による犯行です」

「先生のファイルを狙ったんじゃないってどうして言えるんですか？」

「犯人はファイルには手をつけていません」

マックグレビーは急に興味を持った様子で精神分析医を見つめた。

「どうしてそうだとわかるんですか、先生？　あんたはまだ調べてもいないじゃないですか」

ジャドは部屋の奥の壁につかつかと歩み寄ると、ふたりの刑事が見守るなかで、壁の下部を強く押した。すると、壁が回転して、内側にしつらえてある棚が外に現われた。棚にはテープがびっしり詰まっていた。

「セッションはすべて録音してあります」

ジャドは説明した。

「そしてテープはここにしまってあるんです」

「そのテープを見つけるために犯人はキャロルを拷問したんじゃないかね？」

「どんな対話も患者自身のことであって、他人が関心を持つようなことなんてひとつもありません。犯人にはほかの動機があるはずです」

ジャドは傷だらけの遺体にもう一度目をやった。やりきれなさと憤りで、体がブルブルと震えていた。

「犯人を必ず見つけてください！」

「そのつもりですがね」

マックグレビー警部補は意味ありげな目でジャドを見つめた。

三人はビルの外に出た。人通りの絶えたビルの前の道は、冷たい風が吹いてひえびえとしていた。

「先生を家まで送ってやれ」

警部補がアンジェリに命令した。

「おれはちょっと用事があるから」

そう言ってマックグレビーはジャドをふり返った。

「グッドナイト、先生」

ジャドは立ち去っていく大木のような大男を見送った。

「さて、行きましょうか」

アンジェリが言った。

「冷えますね」

ジャドが助手席におさまるのを待って、アンジェリは車を発進させた。

「行って、キャロルの家族に知らせなくちゃ。これからでも——」

ジャドが言うのをアンジェリが制した。

「もうわれわれが行って、知らせてあります」

ジャドは疲れきった顔でうなずいた。それでも、彼としては、自分で行って家族に慰めの言葉をかけてやりたかった。しかし、それはしばらく時間をおいてからのほうがいいかもしれないと思った。

ふたりはしばらく無言だった。こんな夜更けにマックグレビー警部補が言う用事とはいったい何なのだろうかとジャドはいぶかった。

彼の胸の内を読んだようにアンジェリが口を開いた。

「マックグレビー警部補は優秀な刑事ですよ。相棒を殺したジフランを電気椅子に送れなかったことをとても残念がっているんです」

「しかし、ジフランは心神喪失していましたからね？」

アンジェリは肩をすぼめた。

「ぼくは先生の言葉を額面どおり受けとりますよ」

しかし、マックグレビー警部補がそう思わないところが問題なんだ、とジャドは思った。車に揺られながら、彼の頭の中に繰り返しよみがえるのはキャロルのことだった。彼女の頭のよさ、繊細さ、仕事に対する誇り。思いにふけるジャドを我に返らせたのはアンジェリの声だった。

「着きましたよ、先生」

五分後、ジャドは自分の部屋の中にいた。とても眠れそうになかった。しかたなく、ひとりでブランデーを注ぎ、それを書斎に運んだ。

最初の夜にキャロルが忍びこんできて、あの美しい体をすり寄せてきたときのことが思いだされた。あのときは素知らぬ顔で冷たく突き放した。それというのも、少女を立ち直らせる最後のチャンスだと信じたからだった。誘惑におぼれそうになる自分に打ち勝つのに、あのときどれほどの精神力を必要としたか、おそらく彼女は知らずじまいだったのだろう。それとも気づいていたのだろうか？　ジャドはブランデーのグラスを上げ、中身を一気に飲み干した。

午前三時の死体置場には、まさに死体置場の雰囲気が漂っていた。誰かがドアにかけたクリスマスの飾りがミスマッチで妙だった。よっぽど悪ふざけの好きな人間か、クリスマス狂の仕業《しわざ》だな、とそれを見てマックグレビー警部補は思った。

司法解剖が終わるのを、彼は廊下で辛抱づよく待った。

検死官に手招きされ、四面が気味悪いほどまっ白な解剖室に足を踏み入れた。

検死官は、背の低い吹けば飛ぶような小男で、ちょうど検死を終え、大きな流しの上で手をふいているところだった。神経質そうな速い身ぶりをまじえて、かん高い声で話す検死官は、マックグレビーの質問に対して早口で答えると、さっさといなくなってしまった。

マックグレビーは聞いたことを頭の中で繰り返しながら、しばらくその場に立ちつくしていた。それから、凍るような暗い外に出ると、タクシーを探した。空車が通りかかる気配はなかった。

〈どいつもこいつもバミューダに休暇としゃれこんでやがる。こんなとこに突っ立っていたらケツの穴まで凍っちまう〉

運よくパトカーが通りかかったので彼はそれを止め、ハンドルを握る若い警察官に警察バッジを見せて第十九分署まで送るよう命令した。規則違反ではあったが、そんなものはくそくらえの状況だった。すぐに片づけなければならない緊急課題がいくつもあるのだ。

マックグレビーが十九分署に戻ると、アンジェリが彼の帰りを待っていた。

「キャロル・ロバーツの解剖がいま終わったところだ」

マックグレビーが言った。

「それで、どうでした？」

「腹の中に子供がいたよ」

アンジェリはびっくりして警部補を見上げた。

「妊娠三か月とちょっとだ。まだ目立つ時期じゃないけど、中絶には遅すぎるといったところだな」

「殺されたことと何か関係ありますかね？」

「いい質問だ」

マックグレビーは答えた。

「キャロルのボーイフレンドが、妊娠していることに腹を立てて殴ることもあるだろう。でも、そんな程度のけんかはどこにでも転がっているし、若い連中はそうやって子供を産んで家庭を作っていくんだ。珍しくもなんともない。もし男のほうが結婚するのが嫌だと言いだしても、どうということはない。女のほうは未婚の母になればいいだけのことだ。そんな話は腐るほどある」

「チックの話は聞いてありますよ。彼はキャロルと結婚したかったんだそうです」

「知ってるよ」

マックグレビーは答えた。

「ここが思案のしどころだ。消去法でいけばいい。残るのは、黒人の若い女が妊娠していたという事実だ。彼女が子供の父親に妊娠したことを告げたとする。父親は彼女を消すしかなくなる――」

「だとしたら、かなり狂ってますね」

「それとも、ずる賢いかだ。おれはずる賢いほうに賭ける。こう考えたらどうだ。キャロルが子供の父親のところへ行って、中絶はしない、子供を産むと言い張る。それをネタに結婚を迫ったのかもしれない。だが男のほうが結婚できない情況だったらどうする？　すでに所帯を持っているか、あるいは白人の男だったら？　たとえば、しゃれたクリニックを持っている有名な先生だったら？　そんなことが世間に漏れたら一生うだつが上がらなくなる。黒人の受付嬢をはらませて結婚させられたドジな精神分析医のところになんて、誰が相談に行くかね？」

「スティーブンスは医者ですよ」

アンジエリは言った。

「疑われずに殺す方法はいくらでも考えつくんじゃないですか？」

「そうかもしれない」

マックグレビーは言った。

「が、そうともかぎらない。ちょっとでも変に思われたら、自分が疑われることをよく知っているはずだ。一度疑われたら、世間もマスコミもしつこいからな。毒を買ったら記録が残るし、ロープやナイフを買ったって、よく調べられたら、誰が買ったかわかってしまう。だから結局、頭の狂ったゆきずりの犯人を仕立てたほうがかえって安全でてっとり早いということもあるんだ。あとは、悲しみに暮れたふりをして、従業員を殺した犯人を早く捕まえてくれと叫んだりすればいいんだ」

「だとしたら、かなり汚いですね」

「おれの話はまだ終わってないぞ。彼の患者のジョン・ハンソンの場合だ。これも手口は同じだ。あの先生は、頭のおかしな人間によるゆきずりの犯行ということにしたがっている。おれはこの手の偶然の一致は信じないことにしているんだよ、アンジェリ。一日に同じことが二度も起きたんだぞ。気になるね。だから、おれは、その関連性について考えてみたんだ。そして、考えれば考えるほど、偶然なんてありえないという結論に達したんだ。こういうことだってありうるぞ。キャロル・ロバーツが彼のオフィスに入ってきて、妊娠したことを告げ、結婚話を持ちだす。彼女は結婚か大金を要求して彼をおどす。ふたりの言いあいを待合室のジョン・ハンソンが聞いたとしたらどうなる？　そのジョン・ハンソンがオフィスの長椅子に座ったとき、秘密をばらすぞと脅しながら、ハンサムな精神科医に肉体関係を迫ったら？」

「でも、飛躍しすぎていませんか？」

「たしかに推測だが、話は符合する。ハンソンがオフィスを出ると、医師は彼を追って裏口から抜けだし、何かしゃべられる前にてっとり早く処理してしまった。それからオフィスに戻ってきて、受付嬢を始末して、頭のおかしな人間によるゆきずりの犯行と見せかける細工をして、そのあとは何食わぬ顔でハンソン夫人を訪問し、気を落ちつかせるためにコネチカットをドライブした、というのはどうだね。これで先生のほうは安泰のはずだ。自分は知らんぷりして被害者をよそおい、警察の尻をたたいて、いもしない犯人を追いかけさせればいいんだから」

「その筋書きはぼくは買いませんね」

アンジェリは正直に言った。

「物証なしに犯人と決めつけることになりませんか？」

「〝物証〟の意味をおまえ知っているのか？」

警部補はムッとなって口調を荒らげた。

「こっちには死体がふたつもあるんだぞ。ひとつはやっこさんのところで働いていた女で、腹には子供が入っていたんだ。もうひとりは、やっこさんの患者で、殺されたのも、やっこさんのオフィスから道ひとつ離れた交差点でだ。しかもその患者は、自分がホモであることを治すためにやっこさんのところに通っていたんだ。テープを聞きたいとおれが言ったら、あの医者は断わった。なぜなんだ？　スティーブンス先生は何を隠そうとしているんだ？　誰かがオフィスの中の何かを狙って侵入した可能性はないのかと、おれは訊いてやったんだ。犯人がその大切なものを手に入れるためにキャロルを拷問したという推論が成り立つからな。だが、彼はそれも否定した。貴重品なんかないし、患者との対話テープは他人にはなんの価値もないと言い張る。だから、頭のおかしなゆきずりの犯人を追えとな。ただし、おれはそんな話には乗らない。むしろ、狙いをジャド・スティーブンス医師に定めるべきだと思う」

「警部補はどうしてもあの先生をやっつけたいようですね」

アンジェリは冷静だった。

マックグレビー警部補は顔をまっ赤にして怒った。

「あたりまえじゃないか。あいつが犯人なんだから！」

「では、彼を逮捕するんですか？」

「あいつにはしばらく泳がせておく」

マックグレビーは言った。

「そのあいだにおれは決定的な証拠を見つけて、やつをギャフンと言わせてやる」

マックグレビーはそう言い捨てて、アンジェリの前から出ていってしまった。アンジェリは警部補のうしろ姿を見送りながら思った。

〈なんとかしなければ、大変な間違いを犯すことになる〉

このままマックグレビーに好きなようにやらせていたら、スティーブンス医師は冤罪《えんざい》でぶち込まれることになるだろう。そんなことがあってはいけない、とアンジェリは自分に言い聞かせた。

〈明日の朝、バーテリー署長に会って、話を聞いてもらおう〉

第四章

朝刊各紙は、大見出しでキャロル・ロバーツ惨殺事件を報じていた。ジャドは契約している電話応答サービスに頼んで全患者に電話してもらい、その日のスケジュールをすべてキャンセルしようかと思った。前の晩はぜんぜん寝ていなかったから、まぶたが重くて目がショボショボしていた。

だが、その日の患者のリストを見て、ジャドは考えを変えた。患者のうちふたりはキャンセルできないほどの重症である。三人は、断わられても気を悪くする程度だろう。残りの患者はスケジュールの変更をこころよく受けてくれそうだが、やはりいつもどおりセッションを続けるべきだ、との結論に達した。もちろん患者のためであるが、半分は自分のセラピーのためでもあった。いつものルーティンワークに没頭でもしていなければ、この悲劇と混乱から自分を救いだせそうになかった。

オフィスには早く着いたにもかかわらず、どうやって入ったのか、すでに新聞やテレビのリポーターやカメラマンたちがビルの廊下を埋めて彼が来るのを待ちかまえていた。ジャドは記者たちにステートメントをせがまれたが、それを断わり、自分のオフィスのドアを開ける前に、警備員を呼んで記者やカメラマンたち全員を廊下からたたき出した。

廊下に誰もいなくなってから、ジャドはドアを開けて自分のクリニックに入り、さらに奥にある自分のオフィスのドアをおそるおそる開けた。血のしみたじゅうたんは片づけられていて、家具類も元の位置に配列されていた。見たところ、いつもと変わらないオフィスである。だが、キャロルの姿はない。あの笑みはもう二度と見られないし、彼女の快活な声がオフィスに響くことはもう二度とないのだ。

入り口のドアの開く音がジャドの耳に届いた。今日の最初の患者が到着した音だ。

銀髪のハリソン・バークは貫禄《かんろく》があって、大会社の重役といった風貌をしている。事実、彼はインターナショナル・スティール株式会社の副社長である。最初にバークに会った当時、ジャドは頭の中で首をかしげたものである。彼の地位がこういう風貌を作ったのか、それとも、その風貌ゆえにその地位につけたのかと。そのことでジャドはいつか顔の価値に関する本を書こうかなと思っている。風貌だけで患者に信頼される医師、陪審員たちを引きつける弁護士の魅力、大衆に好かれる女優の顔とスタイル――これらは世界に通用する貨幣である。中身の価値よりも、まず表面のイメージが先行するのが俗世間のいつわらざる実情だ。

バークが長椅子に寝ころぶと、ジャドは彼のことに意識を集中させた。

バークが初めてジャドのところにやって来たのは二か月前、親友のハドレー医師に紹介されてだった。そのときジャドは、十分間患者と話しただけで、自信を持って診断することができた。ハリソン・バークは殺人被害の妄想性障害にかかっていた。

朝刊各紙が昨夜このオフィスで起きた殺人事件をセンセーショナルに報じていたにもかかわらず、バークはそのことについてはひと言もふれなかった。これは彼の病状の典型的な例である。バークは自分のことに埋没しているのだ。

「前回、先生はわたしの言うことを信じてくれなかったね」

バークが言った。

「でも、今日は証拠を持ってきたからな。連中はわたしを狙っているんだ」

「そのことは気にせず、ドンと行こうって決めたじゃないですか、ハリソン」

ジャドは言葉を選びながら慎重に言った。

「昨日わたしに同意したことを忘れないでくださいよ。想像だけで――」

「これは想像じゃないんだ！」

バークは大声を張りあげた。上半身を起こし、両手を固く握りしめていた。

「あいつらはわたしを殺そうとしているんだ！」

「さあ、落ちついて！　横になってリラックスしてください」

ジャドは患者をなだめた。しかし、バークは医師の言うことを聞かずに立ちあがった。

「そんなことしか言えないのか、先生は！　わたしの証拠を聞こうともしないんだ!?」

バークは目を細くして続けた。

「あんたも一味なのか!?」

「わたしが一味のはずなんてないでしょ」

ジャドは言った。

「わたしはあなたの友達なんです。あなたに手を貸そうとして、こうして話しあっているんですよ」

ジャドは失望という矢で射られた思いだった。過去何か月間かのセラピーで相当の成果を上げてきたものと信じていたが、それが今日の患者のひと言で水の泡となってしまった。目の前の患者は、二か月前にはじめて訪れたときの被害妄想状態から一歩も進歩していなかった。

バークは配達小僧から身を起こした立志伝中の男である。メッセンジャーボーイとしてインターナショナル・スティール株式会社に雇われて以来二十五年、彼は、あなどれない風貌と憎めない性格で出世階段を一歩一歩進み、ついにナンバー2の地位にまで昇りつめたのだった。次期社長の候補にもあがっていた。

それが、四年前のある日、サザンプトンの彼の夏の別荘で火災がおき、妻と三人の子供が焼死してしまったのだ。そのとき、バーク自身は愛人とバハマの休暇を楽しんでいた。悲劇を直視する彼の深刻さは他人の理解をはるかに越えていた。信心深いカトリック教徒の家で育てられた彼は、罪の意識にさいなまれて、そこから立ちあがることができなかった。

以来、彼は考えこむようになり、友達にも会いたがらなくなった。夜は家にこもり、火に囲まれたときの妻と子供たちの恐れと苦しみを頭のなかで再現して自分を痛めつけた。しかし、その一方で、愛人と寝そべる己の姿が頭のすみにこびりついてどうしても消えなかった。何度も何度もくりかえして見る映画のようだった。彼は家族の死を百パーセント自分の責任だと思いこんだ。

自分がその場に居合わせたら火災もおきなかっただろうし、たとえ火事になっても救ってやれただろう。その思いが彼の頭のなかで強迫観念に変わっていた。自分は卑怯《ひきょう》な男だ。神がそれを知っている。他人さまだって知りうることだ。こんな自分が他人に好かれるはずはない。彼はそう思って自分を嫌悪した。にこやかな顔でなぐさめてくれる人たちも、うわべでそうしているだけで、じつは、彼が本性をあらわして罠《わな》に落ちるのを待っているのだと。

〈だが、おれは頭がいいからその手にはのらない〉

バークは重役用の食堂へ行くのもやめ、昼食は自分の個室でとるようになり、人の目をできるだけ避けるようになった。

二年前、会社が新社長を選ぶことになったとき、理事会は最短距離にいたハリソン・バークを飛び越して、外部の社長を雇い入れてしまった。その一年後、上級副社長の椅子が空いたとき、またもやバークの頭越しに別の男がその地位につくことになった。ことここに至って、自分をうとんじようとする謀略があることを彼は確信した。

そのときから彼は周囲の人間の動向をさぐりはじめた。テープレコーダーをほかの重役の個室にしかけたりもした。つい六か月前、そのことで彼は警察に逮捕された。彼がクビをまぬがれたのは、会社に対する長年の貢献と〝副社長〟という地位のおかげだった。

負担を軽くして仕事を楽にさせてやろうとの親心から、会社の社長はバークの重責の大半を解き、限られた責任に専念させることにした。しかし、バークのほうはそれを陰謀の結果と受けとめ、自分が転ぶのを会社は待っているのだ、といよいよ確信するに至った。

〈あのバカども。わたしが社長になったらみんなクビにしてやる!〉

そうでも思わなかったら、バークはやっていけなかった。そのころから仕事ぶりも荒くなり、ミスが目立って多くなった。まちがいを指摘されると、わたしがそんなことをするはずがない、誰かが悪意でやったのだと言い張るようになった。彼の説明によれば、リポートは書きかえられ、数字や統計が置きかえられているのだという。それもこれも自分をおとしいれるための策略にちがいない、とバークは信じて疑わなかった。

最近の彼は会社内だけでなく、社外にもスパイがいると思いこんでいる。街で尾行されることはしょっちゅうだ。電話は盗聴され、手紙も盗み読みされている。毒を盛られているのでは、とバークは物を口に入れるたびに怖い思いをしている。そのために体重は激減した。

心配した社長の強いすすめと取りはからいで、精神分析医のピーター・ハドレーに診てもらうことになった。

ハドレー医師は彼に三十分間面接したあとで、ジャドに電話した。ジャドの予約表は満杯だったが、患者の状態がいかに緊急かをピーターに説得されて、ジャドは仕方なく引き受けることになったのだった。

ハリソン・バークはいま、ダマスク織りの長椅子に横になったものの、両手は固いこぶしを作ったままだった。

「じゃあ、その証拠というのを聞かせてくれますか？」

「連中は昨日、わたしの家に押し入ったんだ。わたしを殺すためにね。でも、出し抜いてやったよ。わたしはそんなまぬけじゃないからね。そういうこともあるだろうと思って、最近は寝床を書斎に移して、カギを二重にしておいたんだ。だから、連中は押してもたたいても中に入れなかったんだよ」

「その件を警察に届けましたか？」

ジャドが訊いた。

「もちろん、そんなことするわけないだろ！　警察も連中の一味なんだからな。警察官たちは、わたしを射殺してもいいと命令されているんだ。でも、周囲に人がいるところでは手出しできないでいる。だからわたしは、いつも人込みの中にいるようにしているんだ」

「そこまでわたしに教えてくれてありがとう」

ジャドが言うと、バークは大まじめでこう訊いた。

「この情報を先生はどうするつもりなのかね？」

ジャドもまじめに答えた。

「あなたが言ったことは細大もらさず聞きました」

ジャドはテープレコーダーを指し示して、さらに言った。

「しかも、話は全部このテープに入っています。もしその人たちがあなたに手をくだしたら、陰謀の証拠がここにおさめられていますから、犯人はすぐに捕まりますよ」

バークの表情がパッと明るくなった。

「それは名案だ！　テープか！　それで連中を有罪にできる！」

「さあ、もう一度横になりましょう」

ジャドは患者にリラックスするよう促した。バークはうなずいて長椅子に寝そべった。それから両目を閉じて言った。

「ほとほと疲れたよ。もう何か月もろくすっぽ寝てないんだ。目を閉じるのも怖くてね。人に狙われたときの苦労は先生にだってわからないね」

〈いまのこのわたしにわからないというのかね？〉

そう思ったときのジャドの脳裏にはマックグレビー警部補の顔が浮かんでいた。

「誰かが侵入してきたとき、おたくのハウスボーイは気づかなかったんですか？」

ジャドが訊くと、バークはあっさりした口調で答えた。

「言わなかったかね？　あいつは二週間前にクビにしたんだ」

ジャドは頭を急回転させて、ハリソン・バークとの最近のセッションの内容を思いだそうとした。たしかバークは、つい三日前のセッションで、ハウスボーイを叱《しか》りつけたと話していた。ということは、彼の時間感覚がすでに狂っていることを意味する。

「そんな話は聞きませんでしたけど」

ジャドは気軽な口調で言った。

「二週間前に辞めさせたというのは確かですか？」

「わたしの記憶に間違いはないね」

バークは自信たっぷりに言った。

「わたしは世界的大会社の副社長ですよ。頭が確かだからこそ、これほどの地位につけたんだ。そのことを忘れないでもらいたいね、先生」

「ハウスボーイをどうしてクビにしたんですか？」

「わたしに毒を盛ろうとしたからだ」

「どうやってですか？」

「ハムエッグの皿にヒ素をかけやがった」

「口に入れて確認したんですか？」

ジャドが訊いた。

「そんなことするわけないだろ」

バークは不満顔で答えた。

「では、毒を盛られているってどうしてわかったんですか？」

「においだ。毒のにおいがしたんだ」

「ハウスボーイには何て言って辞めさせたんですか？」

バークの顔に満足そうな表情が広がった。

「何も言わずにたたき出してやったさ」

ジャドはフラストレーションをつのらせた。時間をかけさえすれば、こんなハリソン・バークの状態でも必ず完治させられるはずだ。しかし、いまは時間がない。

精神分析医によるセラピーには常に、患者の傷口を広げてしまうという危険がひそんでいる。自由に好き勝手なことを言わせているうちに、体裁をたもっていた薄い表面の皮がやぶれ、心の奥にひそんでいた根源的な感情が、闇夜の野獣のように一気におもてに飛びだすことがある。患者の心は、そのときの手当てしだいで快方に向かうこともあれば、悪化することもある。

治療の第一歩は自由な話し合いから始まる。しかしバークの場合は、それが堂々巡りで終わってしまったらしい。彼の心の奥に閉じこめられている敵意は、この二か月のセッションで解きほぐされて放出されたはずだった。

「あなたはただ過労で精神的に疲れていただけですよ。陰謀なんてなかったんです。ご自身でもそう思われるでしょ？」

二か月にわたるセッションのあとで、ジャドはそう言えるまでにバークをなだめることができた。バークもそのときは納得してうなずいた。だから、ジャドはいよいよ問題の核心を攻撃できるところまで導けたと胸をなでおろしていた。しかし、これはすべてバークの偽装だった。バークははじめから嘘をついてジャドを試していたのだ。彼の狙いは、ジャドが一味かどうか見きわめるところにあった。

ハリソン・バークは、いつ爆発してもおかしくない、歩く時限爆弾だった。爆発を予告する方法などはない。ジャドは迷った。彼の会社の社長を呼んで事情を説明すべきだろうか？もしそんなことをしたら、バークの未来は即、閉ざされてしまう。おそらく彼は療養施設に入れられるだろう。彼に〝殺人被害の妄想性障害〟の診断をくだす権利が自分にあるのだろうか。ジャドは別の精神分析医の診断をあおぐようバークにすすめたかったが、バークがそれに同意するとは思えなかった。やはり、これはジャドひとりで決断するしかなさそうだった。

「ハリソン、わたしに約束してもらいたいことが一つあるんですが」

ジャドが言った。

「どんな約束だね？」

バークの表情がちょっと明るくなった。

「今度その人たちがあなたをだまそうとしたら、それはあなたを力ずくでどこかに連れていってしまおうとする狙いからでしょう。でもあなたは利口だから、そんなものに乗りませんよね。だから、どんなに挑発されても無視するって約束してください。そうすれば、その人たちもあなたに手が出せないはずです」

バークは目を輝かせた。

「そのとおりだ。まずわたしを誘拐するのが連中の狙いだろう。だから、その上をいけばいいんだ」

受付前のドアの開閉される音が聞こえてきた。ジャドは時計に目を落とした。次の患者が到着したらしい。

ジャドはテープレコーダーのスイッチをそっと切った。

「今日はここまでにしておきましょう」

「いまの話はみんなテープに入っているんだね？」

バークが熱心に訊いた。

「ひと言残らずね」

ジャドはうけ合った。

「これで、誰もあなたには手出しできませんよ」

それから、ためらいがちにこうつけ加えた。

「今日は会社に出ないほうがいいと思いますよ。早く帰って、少し休まれてはどうですか？」

「それはできない」

バークはささやくように言った。彼の声には絶望感がにじんでいた。

「わたしが会社に出なかったら、連中はたちまちわたしの部屋のドアからわたしの名前をひっぱがして、ほかの人の名前に変えてしまうからな」

バークは身を乗りだして続けた。

「先生も気をつけたほうがいい。あんたがわたしの味方だとわかったら、連中に狙われるだろうから」

バークはそう言って、廊下に続く奥のドアに手をかけた。ほんの少し開けて廊下の様子をうかがい、誰もいないことを確かめてから部屋を出ていった。

ジャドは彼を見送りながら、どうしたらいいものかと思案した。あと半年も早くセラピーを始めていたら……そう思ったとき、ふと別の考えがジャドの頭をよぎった。ジャドは背すじが寒くなった。ハリソン・バークはもしかして、すでに誰かを殺しているのだろうか？ジョン・ハンソン殺しも彼がやったのだろうか？　だとしたら、キャロル・ロバーツも？そんなことがありうるだろうか？　バークもハンソンも患者同士だった。知り合うことはありうる。この二か月間で、バークのセッションがハンソンの次になることが何度かあった。バークが遅刻したことも一度ならずあった。廊下でハンソンに出くわしたこともあっただろう。偶然、同じ男に何度か会って、バークの被害妄想が爆発することもありうる。ハンソンにつけ狙われていると勘違いしたかもしれない。キャロルの場合はどうか？　バークはオフィスに来るたびに彼女を見る。彼の病んだ頭が、キャロルのはきはきした態度を曲解して、彼女の中に勝手に悪意を見いだし、殺さなければ自分がやられるとの強迫観念にとらわれていたのでは？　バークはいつからおかしくなったのだろう。妻と三人の子供は火事で焼死したという。本当に事故だったのだろうか？　調べてみる必要がある、とジャドは結論した。

　ジャドは受付側のドアを開けて言った。

「どうぞ、お入りください」

　アン・ブレークがにっこりして立ちあがり、彼の方に向かってきた。その立ち居振る舞いはいつもながら優雅だ。ジャドは、彼女に最初に会ったときのときめきを今日も感じていた。彼が異性に胸をときめかすのは、エリザベスを亡くして以来、彼女が初めてだった。

　しかし、彼女の外見はエリザベスとは似ても似つかなかった。エリザベスは小柄で、ブロンドで、青い目をしていた。ところが、アン・ブレークは髪の毛が黒く、目は信じられないほどの紫色で、まつ毛が濃くて長い。しかも、均整のとれた背丈は女性の平均よりずっと高い。頭がよさそうで、その端正な顔つきから、近寄りがたい雰囲気を漂わせている。だが、目の表情だけはとても親しみやすそうだ。声は低くてやわらかく、多少ハスキーがかっている。

　その彼女はいま二十代の半ばである。ジャドがこれまでに出会った女性の中で、間違いなく一番の美人である。

　しかし、ジャドの心をとらえたのは、その美しさの奥にある何かだった。彼を引き寄せる力が、目に見えるほどはっきりとそこにあった。説明のつかない理由から、ジャドは彼女を昔から知っているような気分にさせられていた。

三週間前のことだった。彼女は紹介も予約もなしに、突然ジャドのところに現われた。受付に座っていたキャロルが説明した。

「先生はいま予約でいっぱいなんです。新しい患者さんを受け入れてくれるかどうか――」

アンは彼女の説明を聞き終わらないうちに言った。

「待たせてもらっていいですか？」

言葉つきはとてもていねいで落ちついていた。キャロルはつい断われなくなってしまった。それから二時間も待ちつづける初診の患者に同情して、キャロルは彼女をジャドの前に連れていった。

ジャドは患者の魅力に圧倒されて、なんの相談をされたのか、最初の数分間の話が思いだせないくらいだった。覚えているのは、彼女に椅子にかけるよう言ったことと、彼女がアン・ブレークだと自己紹介したこと、彼女が人妻であるとわかったことぐらいだった。

そのあとすぐ、ジャドは何が問題なのかと彼女にたずねた。アンは、ちょっとためらってから、それが自分でもわからないのだと言った。はたして、自分が困っているのかどうかさえ、そのときの彼女は定かでなかった。

彼女の説明によれば、医者をしている友達が、優秀な分析医としてのジャドの名前を教えてくれたとのことだった。その医者の名前をジャドがたずねると、アンはしどろもどろになってしまった。おそらく、彼の名前は、電話帳ででも見つけたのだろうと思うしかなかった。

ジャドはスケジュールがめいっぱいに詰まっていることと、いまは新患者を診るゆとりがないことを説明して、推薦できる何人かの分析医の名前をあげた。しかしアンは、口調はていねいだったが、ジャドに治療してもらいたいと粘ってなかなかあきらめなかった。ジャドはついに根負けして、セラピーを引き受けることにした。

確かになんらかのプレッシャーに押さえつけられているようだったが、それ以外は、外見からうかがえる彼女は完全に正常だった。おそらく単純な問題で、解決も簡単だろうとジャドは判断した。

ジャドはこれで、ほかの医師から紹介された患者以外は受けないという原則を破ることになった。しかも、アンとのセッションのために昼食の時間を割《さ》くことになった。

この三週間、彼女は週二回の割合で、ジャドのところにやってくる。しかし、彼女に関してジャドがこれまでに知りえたことは、最初に会ったときから一歩も出ていなかった。その間ジャドは、むしろ自分のことをもっと知るようになった。妻を亡くして以来はじめて、彼は異性に恋心をいだいていた。

「あなたはご主人を愛していますか?」

最初のセッションで、ジャドは彼女にそう訊いた。彼女が〝いいえ〟と答えるのを心待ちにする自分をジャドは嫌悪した。しかし、彼女の答えは違っていた。

「ええ、愛しています。彼はとてもやさしくて頼りになる人です」

「ご主人に父性愛を感じますか?」

ジャドが尋ねると、アンはその紫色の目に、信じられないといった表情を浮かべて彼を見た。

「いいえ。わたしは夫に父性を求めたりはしません。子供時代はやさしいお父さんに守られて、とても幸せでしたから」

「どこで生まれたんですか?」

「ボストンの近くのレベールという小さな町です」

「ご両親はまだ健在ですか?」

「父は元気です。母はわたしが十二歳のときに心臓発作で亡くなりました」

「ご両親の仲はどうでした?」

「ええ、ふたりはとても愛しあっていました」

〈それは、あなたを見ればわかりますよ〉

ジャドはうれしかった。病んだ精神がもたらす惨めさと向きあう毎日のなかで、アンのような患者は四月のそよ風のように新鮮だった。

「兄弟姉妹は？」

「いいえ。わたしは甘えん坊のひとりっ子でした」

彼女はにっこりしてジャドを見上げた。計算も気どりもない、明るくて無邪気な笑みだった。

アンが語ったところによると、彼女は成長期を、国務省の役人だった父親と一緒に外国ですごし、父親が再婚してカリフォルニアに移ったのを機に国連に就職して、通訳として働いていたのだという。彼女はフランス語、イタリア語、スペイン語が自由に話せた。

彼女が未来の夫と出会ったのは、休暇でバハマへ行ったときだった。夫は建設会社の社長で、アンは最初から惹かれていたわけではなかったが、彼のほうが熱をあげ、押しの一手で迫ったとのことだった。

ふたりは出会ってから二か月後に結婚して、結婚生活は現在まで半年間つづいている。ふたりの住まいはニュージャージーの広大な敷地の中にある。

以上が、六回ほどのセッションでジャドが彼女から聞きだせたことのすべてだった。彼女が抱えているかもしれない問題については、いまのところ、そのヒントすらつかめていなかった。質問がそこに及ぶと、彼女の心はとたんに閉ざされてしまうのだ。最初のセッションで自分が発した質問のいくつかをジャドはよく思いだす。

「問題はご主人に関することですか、ブレーク夫人?」

質問に対する答えはなかった。

「あなたとご主人とでは、肉体的に釣り合いがとれていますか?」

「ええ」

答える彼女の顔には当惑の表情があった。

「ご主人が浮気しているという疑いでもあるんですか?」

「いいえ」

彼女はおかしそうに答えた。

「では、あなたのほうはどうなんですか?　ほかの男性と関係を持ったりしていますか?」

「いいえ」

怒った声だった。

ジャドは彼女の心のガードをどうしたら崩せるだろうかと思案した。その結果、〝散弾方式〟をとることにした。主な分野をいじくり回しているうちに、問題点が偶然見つかる方法だ。

「金銭問題で夫婦げんかをしたことがありますか？」

「いいえ。主人は気前のいい人ですから」

「親族関係のことでは？　義理のお母さんとか？」

「主人は孤児だったんです。わたしの父はカリフォルニアに住んでいますから、ほとんど関わり合いがありません」

「ご主人なり、あなたなりが、いままでに薬物中毒になったことがありますか？」

「いいえ、ありません」

「ご主人を同性愛者ではないかと疑われたことは？」

低くて温かみのある笑い声が彼女の口から漏れた。

「いいえ」

ジャドは遠慮せずに質問を発しつづけた。役割上その必要があったからだ。

「あなたは同性と性的関係を持ったことがありますか？」

「いいえ」

ジャドをさげすむような彼女の表情だった。

ジャドはさらにアル中問題、不感症、妊娠などなどの考えられるすべての問題についてふれてみた。そのたびに、彼女は例の利口そうな目を彼に向け、ただ首を横に振るだけだった。ジャドが何かきっかけをつかんだと思うと、彼女はこんなことを言ってすり抜ける。

「ごめんなさい。わたしトロくて。でも、見放さないでくださいね」

これがほかの患者だったら、ジャドはとっくに見放していただろう。だが、彼としては、なんとか彼女の力になってやりたかった。そのためにも、ひきつづき通院してもらわなければならなかった。

そのうち、ジャドは彼女に話題を選ばせて勝手にしゃべらせることにした。

父親と一緒に十か国以上も渡り歩き、素敵な人々に大勢会っていたアンは、頭の回転が速く、ユーモアが必要に応じていつでも口からついて出るセンスにも恵まれていた。彼女が読んだ本、好きな音楽、好きな劇が、自分のものと共通しているのにジャドは驚いた。温かみがあって親しげな彼女だが、彼を精神分析医以外の男性として見なすようなりふるまいや態度を一度でも見せたことがなかった。

ジャドにとってはほろにがい皮肉というしかなかった。彼は潜在意識の奥で、アンのような女性の登場を何年も待ち望んできたのだ。その女性がとつぜん目の前に現われたというのに、悲しいかな、彼の役目は彼女の心の病を治してやり、夫のもとに返してやることだった。

アンがオフィスに足を踏み入れると、ジャドは長椅子の横の安楽椅子に移って、彼女が横になるのを待った。

「今日はいいんです、先生」

彼女は静かに言った。

「わたしに何か手伝えることがあればと思って、やって来ました」

ジャドは何も答えられずに、しばらく彼女を見つめた。神経がボロボロになってしまったこの二日間の緊張が、彼女が示してくれた思いもよらぬ同情でプツンと切れた。ジャドはグラッと来たまま彼女を見つづけた。この二日間に起きたことのすべてを彼女の前で吐露《とろ》したい衝動にかられた。自分の身近な人間が立て続けにふたりも殺されたこと、しかもその疑いが自分に向けられていることを、せめて彼女にだけでも訴えたかった。だがそれはできないと、自分をとどめるだけのわずかな理性は残っていた。彼は他人の心を癒す立場の医者であり、彼女はその癒されるべき患者なのだ。さらにまずいことに、ジャドはその患者を好きになっていた。しかも彼女は人妻なのだ。ジャドが見たこともない男の。

アンはそこに立ったまま彼を見つめていた。ジャドはただうなずくだけだった。いま口を開いたら、何を言いだすか自分でも自信がなかった。かわりにアンが口を開いた。

「わたしもキャロルのことは好きだったわ。あんないい人をいったい誰が殺したのかしら？」

「わたしにはわからない」

「誰がやったのか、警察は見当をつけているんですか？」

〈大いにね〉

ジャドは苦々しく思った。

〈この人は何もわかっていないんだ〉

なかなか答えない彼を、アンは不思議そうな目で見つめた。ジャドがようやく答えた。

「警察には警察なりの見解があるようです」

「今日はセッションがないと思ったんですけど、わたしの気持ちだけでも伝えたいと思ってお邪魔しました。先生がつらい思いをされているのはよくわかります」

「わたしもどうしようかと思ったんですが」

ジャドは言った。

「でも、こうしてちゃんとここにいます。せっかく二人そろったんですから、どうですか、少し話しあいませんか？」

アンは迷った。

「わたし、これ以上話すことがないような気がしているんです」

ジャドは心臓がギュッと萎縮するのがわかった。

〈ああ神さま、彼女にそんなことを言わせないでください。この人にもう会えなくなるなんて！〉

「わたし、来週から夫と一緒にヨーロッパに行くことになっているんです」

「それはすばらしい」

ジャドは無理してそう言った。

「先生の時間をむだづかいさせてしまったようですみませんでした」

「とんでもない。そんなことは気にしなくていいんですよ」

ジャドは自分の声がかすれているのがわかった。

〈わたしは結局ふられたわけだ〉

だが彼女の方はそのことに気づいていない。〝おまえは幼稚すぎるぞ。いいかげんにしろ〟とジャドは自分に言い聞かせるが、彼女に去られるショックで、体が自分の言うことをきかなかった。胃がキリキリと痛んだ。

アンはバッグを開き、札びらを取りだした。普通の患者は、ひと月分をまとめて小切手で送ってくるのだが、アンの場合は治療代を毎回現金で払っていた。

「いえ、それは結構です」

ジャドはあわてて言った。

「友達として来てくれたんですから。感謝するのはわたしの方です」

ジャドが患者に対して個人的な感情をいだいたのは彼女が初めてだった。

「あなたにはまた来てもらいたいですね」

ジャドが言うと、彼女はジャドの方を見上げて小さな声で言った。

「なぜですか？」

〈あなたを失う悲しみに耐えられないからです。あなたのような女性をずっと待っていたからです。最初からあなたに会っていればよかったと思うからです。あなたを愛しているからです！〉

そう思いながらジャドは声をあげて言った。

「もう少し話して問題点をはっきりさせて、きちんとした形で終わりたいと思ったんです」

アンは目にいたずらっぽい表情を浮かべてにっこりした。

「卒業式に戻ってこさせたいわけですね？」

「まあそんなところです」

ジャドはちょっとホッとして言った。

「じゃあ、また来てくれますか？」

「先生がそうおっしゃるなら、もちろん」

彼女は立ちあがった。

「わたしはいい患者ではありませんでしたけど、先生はすばらしいかたです。もしわたしにできることがあったら、なんでもお手伝いします」

そう言ってアンが差しだした手をジャドは握った。温かみのある、しっかりした握手だった。ジャドはふたたび、彼女が発散する抗しがたい引力に引きこまれそうになった。それにしても、何も気づかないでいる彼女の立派さにジャドは感心した。

「では金曜日におじゃまします」

「ええ、金曜日でいいですよ」

アンが奥のドアから出ていくのを見送ったあとで、ジャドは椅子にドカッと座りこんだ。

自分がひとりぼっちであることを今日ほど思い知らされたことはない。だがここに座って安閑としているわけにはいかない。真犯人が必ずどこかにいるはずだ。警察が見つけられないなら自分で捜すしかない。このまま手をこまねいていたら、あのマックグレビー警部補にやられてしまう。警部補は二件ともジャドが殺ったものと疑っているらしいが、彼が殺ったのではないという反証は難しい。逮捕はいますぐにでもあるかもしれない。そんなことになったら医師生命が絶たれてしまう。そんな折も折、人妻に恋をし、その女性にはあと一回しか会えないという。

ジャドは、暗いことばかり考えずに、何か明るいことでもないかと思いを巡らせてみた。しかし、思い浮かぶものはひとつもなかった。

第五章

彼女が立ち去ったあとのその日は、まるで水の底にいるような気分で過ぎていった。キャロルの死についてきちんと悔やみを述べる患者もいたが、ほとんどの患者は、自分が抱える問題で精いっぱいで、そんな気持ちのゆとりはないといったところだった。ジャドはつとめてセラピーに集中するものの、頭の中が勝手に犯人像を追い求めて心ここにあらずだった。

ひとつ思いついたことがあった。今日のセッションが終わったあとで最近のテープをぜんぶ聞きなおして、そこに何かヒントがないか調べてみることである。

午後七時、最後の患者を奥のドアから送りだすと、ジャドは酒類をおさめてあるキャビネットのところへ行ってスコッチを一杯注いだ。アルコールがのどから胃にしみて、効きめは想像以上だった。そのときになってまだ朝食もとっていないことを思いだした。食事のことを考えると、よけい気分が悪くなった。

椅子に座りこんだまま彼は考えつづけた。患者のカルテが殺人の原因になったとは考えられない。もし誰かが恐喝に使うつもりでカルテを盗みだそうとしたのなら、あんな殺し方はしなかっただろう。恐喝犯というのは、他人の弱みを食い物にする臆病者たちだ。だから、もし侵入したところをキャロルに見つかったのなら、てっとり早く一撃で殺すはずだ。時間をかけて拷問するなんて、なにか別の説明がなければならない。

ジャドは、この二日間に起きたことをもう一度ゆっくり頭の中で整理してみた。だが結局はなんの結論も出せずに、ため息をついてあきらめるしかなかった。そして、時計を見て時間の経つ速さにおどろいた。

オフィスを出たのは九時過ぎだった。ロビーから一歩外に出ると、冷たい風がほほを横なぐりしていった。

外はふたたび雪になっていた。雪は空中を舞い、夜景をレースのカーテンで包んだようにぼかしていた。街はまるで濡れたキャンバスに描かれた絵のようだった。絵の具が垂れて摩天楼を溶かし、道もビルもすべてが白と灰色に塗りたくられていた。レキシントン大通りの向こう側にある店の赤と白の大きな看板が警告していた。

〝クリスマスまで買い物のチャンスはあと六日〟

〝クリスマス〟彼はその言葉を頭からふり払って先を急いだ。

恋人のところへか、それとも妻のもとへか、家路を急ぐ人影が遠くにひとつあっただけで、通りは静まりかえっていた。

ジャドはいつのまにかアンのことを考えていた。いまごろ彼女は何をしているのだろう。たぶん家にいて、今日の出来事を夫と仲むつまじく話しあっているのだろう。それとも、もうベッドに入って……。

〈やめろ、変な想像は！〉

ジャドは自分を叱った。

風が吹き抜けていくだけで、道には通りすぎていく車もなかった。ジャドが曲がり角に差しかかったときも、やはり車の影はなかった。契約している駐車場に行くため、ジャドは道を斜めに横切ろうとした。

道の中ほどに差しかかったときだった。何かの音がうしろから聞こえてきた。ジャドはふり返った。大きな黒塗りのリムジンがライトもつけずにこちらに向かって突進してきた。積もりはじめた粉雪の上でタイヤがきしんだ。ジャドとの距離は三メートルぐらいしかなかった。

〈酔っぱらいめ!〉

ジャドは瞬間、思った。

〈横すべりなんかしやがって、危ないじゃないか!〉

ジャドはとっさに身をかわし、歩道の方に飛びこもうとした。車はブレーキをかけるどころかエンジン音をいちだんと高めた。ジャドが気づいたときは、もう遅かった。リムジンは彼を轢き殺すために突っこんできたのだ。

ジャドが最後に覚えているのは、何かが胸にめり込んできたことと、そのときの音が雷のように大きかったことだけだった。

暗い道が煌々《こうこう》と照らしだされた。光源の街灯は彼の頭の中でいまにも爆発しそうだった。この一秒にも満たないイルミネーションの中でジャドはすべての疑問に対する解答を得た。ジョン・ハンソンとキャロル・ロバーツがなぜ殺されたのか、その理由も見えた。ジャドは全身が恍惚となるほど興奮した。これでマックグレビー警部補を説得できる。彼に早く話さなくては。そう思ったとき、街灯は次々に消え、道はふたたび湿った暗闇と静寂に包まれた。

第十九分署の建物は、外から見るとまるで廃屋寸前のおんぼろビルにしか見えない。風雨にさらされた四階建てのビルは学校のようでもある。茶色いレンガにモルタルを塗りたくり、その上に何年分ものハトの糞が垂れさがっている。

この第十九分署の責任区域は、マンハッタンの五十九番通りから八十六番通りにまたがる、五番街からイーストリバーまでである。

病院からの轢き逃げ事故の報告は、十時ちょっと過ぎに警察の交換台を通じて刑事局にもたらされた。その夜の第十九分署はいつにも増して忙しかった。こういう天候の日にはレイプや強盗が多発するのだ。人通りのない凍った道は、迷い込んできたえじきを捕食するには格好の罠になるのである。

忙しさに悲鳴をあげていた刑事たちはほとんどが出払ってしまい、刑事局に残っているのはフランク・アンジェリ刑事と、放火容疑者を取り調べ中の巡査部長だけだった。

電話の呼び出しに応じたのはアンジェリだった。かけてきたのは、轢き逃げされた被害者が運びこまれた病院の看護婦だった。

「……患者さんが緊急だと言っています。そちらのマックグレビー警部補につないでくれませんか」

マックグレビーはあいにく資料部に出かけてしまっていた。

「轢き逃げされた被害者の名前は？」

「ドクター・ジャド・スティーブンス……」

看護婦の話が終わらないうちにアンジェリは答えた。

「わたしがすぐそちらに向かいます。刑事局のアンジェリです」

アンジェリが受話器を置いたのと、マックグレビーが戻ってきたのは同時だった。アンジェリは警部補に電話の内容を手みじかに話した。

「すぐ行ったほうがいいと思います」

「あわてなくても死にゃあせんよ。まず、事故現場を管轄している分署の署長にことわりを入れてからだ」

アンジェリは電話をかける警部補を見守りながら、今朝の署長とのやりとりを思いだしていた。

〈署長はこの件で警部補に何か話したのだろうか？〉

あのときは時間がなくて、バーテリー署長に向かって充分な説明ができなかった。話のポイントはこんなぐあいだった。

「マックグレビー警部補は優秀なかたですが」

アンジェリの話はちょっと唐突だった。

「でも、五年前の事件にこだわりすぎていると思います」

バーテリー署長は冷たい目でアンジェリをじろりと見た。

「きみはマックグレビーを訴えているのか？　警部補がスティーブンス医師をハメようとしているとでも言うのか？」

「わたしはべつに訴えてなんていません。ただ、署長に事態の推移を知っていてもらいたいんです」

「よし、わかった。きみの話はちゃんと聞いた」

署長との会見はそれで終わりだった。

マックグレビーの電話は三分かかった。そのあいだ、彼は相づちをうったり、メモをとったりしていたが、アンジェリの方はいらいらしながら部屋の中を行ったり来たりしていた。

十分後、ふたりは覆面パトカーを走らせて病院に向かった。

ジャドの病室は六階の廊下の奥にあった。うらぶれた長い廊下には、病院独特のなんとも形容しがたい臭気が漂っていた。ふたりは、刑事局に電話をくれた看護婦にジャドの部屋まで案内された。

「患者の容体はどうなんですか、看護婦さん？」

マックグレビーが訊いた。

「その件でしたら、担当医の先生から聞いてください」

看護婦は予断をあたえぬよう慎重に言った。それでいながら、黙ってはいられないらしく、続けた。

「あの人が殺されなかったのは奇跡です。たぶん脳震盪《のうしんとう》は起こしていると思います。それに、肋骨《ろっこつ》と左の腕にけがを負っています」

「意識はあるんですか？」

今度はアンジェリが訊いた。

「ええ。むしろおとなしく寝かせておくのに苦労しています」

そう言ってから、看護婦はマックグレビーを見上げた。

「警部補に会うんだって、そのことばかり言っていました」

三人は病室に足を踏み入れた。ベッドは左右に三つずつ、計六つあった。看護婦はいちばん奥のカーテンで仕切られたベッドを指し示した。マックグレビーとアンジェリは奥に進み、カーテンを開けて中に入った。

ジャドはベッドの上で上半身を起こしていた。顔は青ざめ、ひたいには大きなばんそうこうが貼られ、左腕は三角巾で吊るされていた。

まず、マックグレビーが話しかけた。

「事故にあわれたそうですな、先生」

「事故じゃありませんよ」

ジャドは言った。

「誰かがわたしを殺そうとしたんです」

ジャドの声は震えていて弱々しかった。

「誰がですか？」

「さあ、それはまだわかりませんけど、すべては符合します」

ジャドはマックグレビーに顔を向けて続けた。

「犯人はジョン・ハンソンを狙ったわけでも、キャロルを狙ったわけでもありません。わたしを殺そうとしていたんです！」

マックグレビーが意外そうな顔をした。

「そりゃあ、またどうして？」

「ハンソンが殺されたのは、わたしの黄色いレインコートを着ていたからです。犯人たちはわたしがそのコートを着てビルに入るのを確認していたんでしょう。そこに、ハンソンが黄色いコートを着て出ていったから、完全にわたしと勘違いされたんです」

「それはありえますね」

アンジェリが言った。

「たしかにな」

マックグレビーはいったんうなずいておいて、続けた。

「すると犯人たちは、殺ったのは人違いだとわかってから、先生のオフィスに押し入って、先生が着ている服を引きちぎったら、先生が黒人の女の子だとわかって頭にきて、先生を殴り殺したというわけかね？」

「連中がキャロルを殺したのは、わたしをやっつけるために侵入したのをキャロルに見つかったからだと思います」

ジャドが言うと、マックグレビーはオーバーのポケットからメモのようなものを取りだした。

「事故現場を管轄する分署の署長といま話してきたところなんだが——」

「あれは事故なんかじゃないんです――」

「現場検証の報告によると、先生は道のまん中をヨタっていたそうですな」

「ヨタっていた?」

ジャドはひとり言のような小さな声で繰り返した。

「横断歩道でもないところを横切っていたそうじゃないですか?」

「車は一台も走っていなかったし、わたしはそれを確認して――」

「ところが一台いたというわけだ」

マックグレビー警部補はごていねいに解説した。

「先生が見落としただけですよ。まあ、雪が降っていたから、見通しも悪かったんでしょう。先生に飛びだされて、運転手はあわててブレーキをかけた。車は横滑りして先生を突き飛ばしてしまった。運転手はパニックになって逃げた、といったところでしょう」

「情況はぜんぜん違います。車はヘッドライトを消して突っこんできたんです」

「先生はそれが証拠だと思うんですな? 犯人がハンソンとキャロル・ロバーツを殺した証拠だと」

「誰かがわたしを殺そうとしたのは確かです」

ジャドは頑として言い張った。

マックグレビーは首を横に振った。

「そんなことを言ったって通用しませんよ、先生」

「何が通用しないんだって？」

ジャドはムカッとなって訊き返した。

「先生にそんなふうに言われただけで、わけのわからない犯人捜しに警察が本当に動くとでも思っているんですか？」

警部補の口調が急にぞんざいになった。

「おたくの受付係が妊娠していたのを知っていたね？」

ジャドは目を閉じると、頭を枕の中にうずめるように首をそらした。

〈そうだったのか!?〉

キャロルが相談したいと言っていたのはそのことだったのか、とジャドは今にしてあのときのキャロルの様子の謎が解けた。

〈それをマックグレビー警部補はわたしにからめて……〉

ジャドは目を開けた。

「いいえ。知りませんでした」

彼の声には元気がなかった。

ジャドはふたたび激しい頭痛に襲われていた。頭痛は周期的に繰り返していた。もどしそうになるのを彼はウッとこらえてつばをのみ込んだ。看護婦を呼びたかったが、弱みを見せてマックグレビーを喜ばせたくなかった。

「資料部に行って調べてきたんだ」

マックグレビーが言った。

「妊娠していたおたくの美人受付嬢が前は売春婦だったとわたしが言ったら、先生はどう思うかね？」

ジャドの頭痛は着実に悪化していた。

「そのことは知っていたのかね、スティーブンス先生？　先生は答えなくていい。わたしが説明するから。先生はもちろん、そのことを知っていた。なにしろ、彼女を売春容疑の法廷から連れ去ったのは先生自身だったからね。四年前でしたな。でもねえ――」

マックグレビーは軽蔑したような笑いを漏らしてから続けた。

「ちょっとやりすぎじゃないですか、先生？　いくらかわいいからって、売春婦をハイクラスの精神分析医院の受付に座らせるのは」

「生まれながらの売春婦なんて世の中にいませんよ」

ジャドは言った。

「十六歳の少女に立ち直るチャンスをやりたかっただけだ」

「ついでに転がってきたごちそうをタダでいただいたわけですな？」

「失礼なことを言うな！　あんたは性根が腐ってる！」

ジャドの非難を意に介さず、マックグレビーはニヤリとした。

「じゃあ、あんたはキャロルを法廷から連れだしたあと、彼女と一緒にどこへ行ったんだね？」

「わたしのアパートだ」

「そこで彼女は寝た？」

「ああ、そのとおりだが？」

マックグレビーは再びニヤリとした。

「先生もおめでたい方ですな」

口調は一転ていねいになった。

「美人売春婦を自分のアパートに連れ帰って、何もなかったって言い張るつもりですか？　人をバカにするもんじゃありませんよ。世の中には常識というものがあるんです。もしキャロルと寝ていないと言うのなら、先生にはホモの可能性が大ありということですよ。となると、ジョン・ハンソンとの関係が怪《あや》しくなりますな。もし最初の晩にキャロルと寝ていたというのなら、その関係がずっと続いてキャロルをとうとう妊娠させちゃった、ということになるでしょう。どっちに転んでも先生は怪しい。ここまではっきりしていながら殺人鬼を仕立てて、轢き逃げされそこなったなんて言い張るのはちょっと図太すぎますぞ！」

マックグレビーはそう言い捨てると、くるりと背中を向け、病室から大股で出ていった。

彼の顔は怒りで赤く染まっていた。

ジャドの頭痛は、頭が割れるような痛みに変わっていた。

アンジェリは心配そうにジャドの様子を見守った。

「大丈夫ですか、先生」

「あなたに助けてもらいたい」

ジャドは若い刑事に向かって必死に訴えた。

「誰かがわたしを殺そうとしているんです」

泣きつくようなジャドの訴えにアンジェリは足を止めざるをえなかった。

「先生を殺す動機を持っている人間は？」

「それはわかりません」

「先生に敵はいるんですか？」

「いいえ、そんなものはいません」

「人妻とか、誰かのガールフレンドと寝たことは？」

ジャドは言葉で答えず、ただ首を大きく横に振った。しかし、その質問にも自分の答え方にもちょっと引っかかった。

「親族のあいだで遺産相続争いなんかはありませんか？」

「いいえ。そんなものはありません」

アンジェリはため息をついた。

「すると、先生を殺す動機を持っている人間はいないことになりますね。先生の患者さんはどうですか？　先生のほうから患者のリストを提出していただいたほうがよさそうですね。こちらでひとりひとり調べてみますよ」

「それはできません」

「名前だけでも教えてくれませんかね」

「申しわけないが、それはできないんです」

苦しそうな言い方だった。

「わたしが歯科医や足のセラピストだったら、カルテだって見せますよ。でも、おわかりでしょ？　うちのクリニックに来ている患者さんたちはほとんどが深刻な問題を抱えているんです。もし警察に尋問されたら、たちまち病状は悪化するでしょうし、医者と患者の信頼関係も崩れてしまいます。ということは、わたしの医師生命にもかかわることです。やはりリストを渡すわけにはいきません」

ジャドは疲れきったように首を枕の上にそらせた。

アンジェリはしばらくジャドの様子を見守ってから静かに訊いた。

「他人が自分を殺そうとしていると思いこむ病気をなんて言うんでしたっけ？」

「妄想性障害」

ジャドはそう言ってから、アンジェリの顔に浮かぶ表情を見てハッとした。

「まさか、あんたはわたしが――？」

「一度、立場を逆にして考えてみてください、先生」

アンジェリは言った。

「もしわたしがベッドに寝ていて同じことを言ったとしたら、先生にはどう聞こえますかね？」

ジャドは、ナイフを刺されるような頭の痛みに耐えかねて目を閉じた。もう考える気力は残っていなかった。アンジェリの声だけが耳に聞こえていた。

「警部補がわたしを待っているから……」

ジャドは目を開けた。

「ちょっと待ってください――わたしの言っていることが本当だと証明するチャンスをください」

「どうやって証明するんです？」

「犯人が誰にしろ、わたしがこうして生きている以上、必ずまた襲ってくるはずです。だから、誰か警察官を一人つけてもらいたいんです。そうしたら、襲ってきたときに現行犯で逮捕できるじゃないですか」

アンジェリはじっとジャドを見つめた。

「スティーブンス先生。もし誰かが本当に先生を殺そうとしていたら、世界中の警察官が集まっても防ぎきれません。今日失敗しても、連中には明日があるんです。ここで成功しなかったら、別の機会を狙うでしょう。あなたが王様でも大統領でも無名の市民でも事情はさして変わりません。人の命なんて弱いものです。細い糸と同じで、ハサミを入れただけでプツンと切れてしまうんです」

「警察にできることは――なんにもないんですか？」

「あれこれアドバイスならしてあげられます。まずアパートのカギをぜんぶ換えることですね。それから窓の内鍵の施錠をいつも確認してください。知らない人間は決して家の中に入れないこと。配達人が来ても、自分が呼んだのでなかったら、絶対にドアを開けないこと」

ジャドがうなずくと、カラカラののどが痛んだ。

「あなたのアパートの建物にはドアマンもいるし、エレベーター係もいましたね」

アンジエリは続けた。

「その人たちは信頼できますか？」

「ドアマンはあそこで十年も働いていて、エレベーター係も八年前から同じです。あのふたりに関するかぎり、命を預けても大丈夫です」

アンジエリはわかったというふうにうなずいた。

「それならいいでしょう。ふたりには、よく気をつけてくれるよう頼んでおいたほうがいいですね。見張りが厳しければ侵入しづらくなりますから。それで、オフィスのほうはどうするんですか？　新しい受付係を雇うんでしょ？」

ジャドは、見知らぬ人間がキャロルの椅子に座っているところを思い浮かべてみた。やりきれなさと新たな憤りが腹の底からわいてきた。

「いますぐにという予定はありません」

「男性を雇うのもいいでしょうね」

アンジエリに言われてジャドはうなずいた。

「考えておきましょう」

アンジェリは向きを変えて立ち去りかけたが、ふと足を止めた。

「ちょっと思いあたることがあるんですが」

アンジェリはためらいがちに言った。

「でもあまり期待できませんがね」

「何でしょう？」

ジャドはすがるような自分の声が嫌だった。

「マックグレビー警部補の相棒を殺した男のことですが――」

「ジフラン？」

「あの男は本当に頭がおかしかったんですか？」

「ええ。そのあと彼は精神異常犯専用の州立病院に送られましたが」

「そのことで犯人が先生を逆恨みしていることはないでしょうか？　彼が釈放されたか、それとも脱走していないか、わたしの方で調べてみましょう。明日の朝でも先生からわたしに電話をくれませんか？」

「わかりました。いろいろありがとう」

ジャドは若い刑事の誠実さに感謝した。

「これがわたしの仕事ですから。もし先生が犯人だったら、警部補を助けて先生を一刻も早く挙げさせますよ」

アンジェリは行きかけて再び足を止めた。

「ジフランのことをわたしが調べる件はマックグレビー警部補には言わないでおいてください」

「もちろん言いませんよ」

ふたりは笑みを交わした。アンジェリが出ていくと、ジャドは再びひとりぼっちになった。これからどうなるやらと心細かった朝の空気は、ここにきていよいよ見通しが悪くなった。いつ逮捕されてもおかしくない情況であることをジャドは自覚した。

警察が逮捕に踏みきらない理由として、ジャドに思いあたるのは一つしかなかった――マックグレビー警部補の性格だ。マックグレビーは復讐心に燃えるあまり、有無を言わせぬ証拠がぜんぶ出そろうのを待っているのだ。あの轢き逃げは偶然の事故だったのだろうか？道には雪が積もっていたから、リムジンが横すべりすることはありうる。だとしたら、なぜヘッドライトを消していたのだろう？　それと、あの車、あんなに急にどこから出てきたのだろう？

そこまで考えて、ジャドは確信をもって言えた。自分は殺し屋に狙われたのだと。そして、犯人はあきらめずに何度でも襲ってくるだろうと。そう考えながらジャドは眠りにおちた。

次の朝早く、ピーターとノーラの、ハドレー夫妻がジャドを見舞いにやってきた。夫妻は事故のことを新聞のニュースで知ったのだった。

ジャドと同年代のピーターは、ジャドよりもずっと背が低いうえに痛々しいほどやせていた。ふたりはネブラスカ州の同じ町の出身で、メディカルスクールも一緒だった。

ノーラは英国人で、ブロンドの髪に、丸ぽちゃの顔、百五十五センチの身長にしてはふくよかで大きすぎる胸をしている。とても生き生きしていて気どりがないから、初対面の人でも彼女と五分も話せば、昔からの知り合いのような気にさせられる。

「ずいぶんひどい顔をしているぞ」

ピーターは友人の顔を観察しながら言った。

「この方が医者に好かれるからね」

ジャドは冗談で応じた。頭痛もほぼおさまり、昨日まで体じゅうにあった激痛も今はにぶい痛みに変わっていた。

「花を持ってきたわよ」

ノーラはカーネーションの花束をジャドに持たせた。

「痛かったでしょうね」

彼女はそう言うと、身を乗りだしてジャドのほほにキスした。

「どうしてそういうことになったんだい？」

ピーターが訊いた。

ジャドはどう答えるべきか迷った。

「轢き逃げだったんだ」

「変なことが重なるもんだね。キャロルのことも新聞で読んだよ」

「恐ろしいことだわ」

ノーラが言った。

「わたしもあの子のこと好きだったのよ」

ジャドはこみ上げてきてのどが痛んだ。

「わたしもそうさ」

「犯人は捕まりそうかい？」

ピーターが訊くと、ジャドは遠くを見つめながら答えた。

「警察が調べているけど」

「今日の朝刊に、マックグレビー刑事が犯人を追いつめていると書いてあったけど、誰のことなのかきみは知っているんだろ？」

「だいたいはな」

ジャドはさりげなく言った。

「マックグレビー警部補がいろいろ教えてくれるからね」

「いざとなると警察って頼りになるものよね」

ノーラが言った。

「きみの主治医のドクター・ハリスにレントゲン写真を見せてもらったよ。打撲がかなりひどかったけど、脳震盪はなかったようだ。二、三日で退院できそうだな」

たとえ二、三日でも時間をむだにできないことをジャドは知っていた。

三人はそれから三十分ほど世間話をして過ごしたが、キャロルのことは意識してふれないようにした。ピーターもノーラも、街頭で刺し殺されたジョン・ハンソンがジャドの患者だとは知らずにいた。マックグレビーには考えがあって、そのことはマスコミに対して伏せていたのだった。

ふたりが腰をあげたとき、ジャドは個人的に話したいことがあると言って、ピーターだけに残ってもらった。ノーラを廊下に待たせておいて、ジャドはハリソン・バークのことをピーターにうち明けた。

「それは悪かったたな」

ピーターは言った。

「かなり容体は悪かったけど、まだ治療可能かと思ってきみのところへ預けてしまったんだ。もちろん、こうなったら収容施設に入れるしかないだろうが、いつやるつもりだい？」

「退院したらすぐにね」

ジャドはそう言ったが、それが嘘になることはわかっていた。ジャドとしてはまだハリソン・バークを手の届かないところに追いやりたくなかった。それよりもまず、はたしてバークが二件の殺人事件の犯人かどうかをはっきりさせなければならなかった。

「もしぼくに何かできることがあったら、遠慮なく電話してくれ」

ピーターはそう言って病室をあとにした。

ジャドは横になったまま次の行動計画を練った。彼を殺す動機を持った人間がいない以上、殺人は、精神のバランスを崩した者、彼に対して根拠のない恨みをいだく者の犯行だと考えるべきである。このカテゴリーに適合する人間はふたりしかいない。ハリソン・バークと、マックグレビー警部補の相棒を殺したアモス・ジフランだ。もしバークに事件が起きた日のアリバイがなかったら、ジャドはアンジェリ刑事に頼んでバークのことをもっとくわしく調べてもらうつもりだった。そして、もしバークにアリバイがあったら、調べをジフランに絞ればいいのだ。

そう結論すると、ジャドの落ちこんでいた気持ちが多少なりと上向いた。ついに行きつくところへの道を探りあてたような気がしてきた。ジャドは急に病院から出たくてたまらなくなった。

ベルを鳴らし、看護婦を呼んで言った。

「ハリス先生と話したいんだ。先生を呼んでくれませんか」

十分後、セイモア・ハリス医師が病室に入ってきた。ハリス医師はちょっとオタクっぽい男で、青い眼に、頬まで届く長い黒髪をいつも顔の前面にたらしていた。ジャドは昔から彼を知っていて、彼の医師としての力量にはいつも敬服していた。

「いやはや、眠れる森の美女のおめざめだな。それにしても顔色が悪いな」

ジャドは、顔色の悪い話は聞きあきていた。

「わたしはもう元気さ。気分もいい」

ジャドは口からでまかせを言った。

「だからもう帰ろうと思うんだ」

「いつだね？」

「いますぐに」

ハリス医師は叱るような目でジャドを見た。

「まだ連れてこられたばかりじゃないか。あと二、三日はゆっくりしていったらどうだ。スキ者の看護婦を話し相手に人選してやるよ」

「ありがとう、セイモア。でも、わたしは本当にいますぐ帰りたいんだ」

ハリス医師はため息をついた。

「しょうがない。あんたも医者だからな。でもくれぐれも無理はしないように」

ハリス医師はジャドの目をまっすぐに見つめて言った。

「何かわたしに手伝えることはあるか?」

ジャドは首を横に振った。

「じゃあ、きみの衣類を看護婦に用意させよう」

三十分後、病院の受付係がジャドのためにタクシーを呼んでくれた。

ジャドはちょうど十時十五分に自分のオフィスに着いた。

第六章

最初の患者、テリー・ウォッシュバーンが廊下で待っていた。

二十年前のテリーはハリウッドの超大物スターだった。当時、全盛をきわめていた彼女は、ケチな借金騒動に巻きこまれ、人気は風船がしぼむように一夜にして収縮してしまった。

そのあと彼女はオレゴンの材木商と結婚して大衆の前から完全に消えていった。以来、現在まで五、六回、離婚結婚をくりかえし、いまは最近結婚した貿易商と一緒にニューヨークに住んでいる。

ジャドが廊下を歩いてくると、待ちくたびれたテリーが顔を上げていまいましげにジャドを見つめた。

「あなた……」

テリーは言いかけたが、ジャドの顔に浮かんでいる表情を見て、リハーサルしていた恨み口上が口から出なくなってしまった。

「……どうしたんですか、先生？」

彼女は思わず尋ねた。

「まるでホモにレイプされたみたいな顔してるわよ」

「とつぜん急用ができてしまって。遅れてすみません」

ジャドはドアのカギを開け、テリーを受付ホールの中に入れた。二日前までキャロルが座っていた、いまは無人の机と椅子がジャドの目に飛びこんできた。

「キャロルの記事を読んだわ」

テリーの口調には、騒ぎをおもしろがるミーハーの愚かしさがあった。

「レイプ殺人だったの？」

「いいや」

ジャドはそう答えただけで自室のドアを開けた。

「わたしに十分間ゆとりをください」

そう断わると、ジャドはひとりでオフィスに入り、スケジュール表を参照しながら、今日の予定の患者たち全員に取り消しの電話をかけはじめた。ほぼ全員に連絡がついたが、どうしてもつかまらない患者が三人いた。

ちょっと体を動かすたびに胸と腕が痛んだ。頭痛もふたたび始まっていた。ジャドは引き出しから頭痛薬を取りだし、コップの水でそれを飲み込んだ。それから受付側のドアを開けて、テリーを中に入れた。

テリーは長椅子に横になり、勝手にしゃべりはじめた。スカートがずり上がり、彼女の太ももがはだけていた。ジャドは心を鬼にしてすべてを頭からふり払い、患者の問題だけに意識を集中させた。

二十年前のテリー・ウォッシュバーンは途方もない美人だった。彼女のそこここがその名残を今にとどめている。ジャドは、こんなに大きくて無邪気でやさしそうな目におめにかかったことがない。その官能的な口のまわりには深いシワができているが、男を惹きつける唇であることにかわりはない。胸のふくらみは豊かで張りがあって、体にぴったりのプッチのプリント地を押しあげている。豊胸手術を受けているのでは、とジャドは疑っていたが、彼女が自分で言いだすまでそのことにはふれないようにしている。体の線はいぜんとして美しく、とくに脚は最高だ。

ジャドのところにやって来る女性患者は、多かれ少なかれ、ジャドに対して恋心をいだく。〃患者と医者〃の関係を、〃患者と自分を守ってくれる恋人〃と勝手に解釈するわけだが、これはむしろ〃自然な感情〃の範疇《はんちゅう》である。

しかし、テリーの場合はまるで違っていた。ジャドのオフィスに足を踏み入れたその瞬間から、あからさまな誘惑が始まった。彼女は思いつくあらゆる手段を使ってジャドに関係を迫った。しかも、テリーはその道にかけては百戦錬磨だった。ジャドはついに、レディーらしくしていないとほかの医者のところへ行ってもらうと言って彼女を脅した。テリーはそれでようやく表面上だけでもおとなしくなった。しかし、いまでもジャドを観察しつづけ、彼のスキを狙っている。

彼女をジャドのところに送ってきたのは英国の名の知れた医師で、そのときの彼女は、南仏のアンティーブで起きた国際的セックススキャンダルにまみれた直後だった。フランスのゴシップ記者が嗅ぎつけた彼女のスキャンダルとは、彼女が婚約していたギリシャの海運王のヨット上で、当の海運王が商用で一日だけローマへ行っているあいだに、海運王の三人の兄弟全員とかわるがわるに寝たというものだった。裏金が動き、ゴシップ記者は多額の口止め料とともに雑誌社を解雇された。

「あの話は本当よ」

ジャドとの最初のセッションでテリーは自慢げに話した。

「わたし、ゾクゾクして抑えきれなくなっちゃうの」

そのときの彼女の説明だった。

「セックスはいつもしていたいわ。わたし、なかなか満足できないのよ」

そう言って、彼女はスカートを上げ下げしながら自分のももをさすり、無邪気な目でジャドを見つめた。

「わたしの言う意味がわかるでしょ、先生?」

今日までセッションを続けてきて、ジャドは彼女についてたくさんのことを知った。テリーが生まれて育ったところはペンシルバニアの小さな炭鉱の町だった。

「わたしの父さんはどうしようもないポーランドからの移民で、土曜の夜になるとぐでんぐでんに酔って帰ってきて、母さんを殴りつけていたわ」

十三歳のテリーはすでに女の肉体を持ち、顔は天使のようにかわいらしかった。炭鉱夫に誘われてボタ山の陰に行けば小銭をかせげることも知っていた。

そのことを知った父親は、一家の住むちっぽけな小屋に戻ってくると、わけのわからぬポーランド語でわめき散らして母親を家から追いはらった。それからドアにかぎをかけ、重いベルトを自分のズボンから引き抜いて、テリーの尻を打ちはじめた。ムチ打ちが済んだあとで、テリーは父親にレイプされた。

ジャドは、長椅子に横になりながらそのシーンを語るテリーの様子を見守った。彼女の表情はからっぽで、感情らしいものは何もなかった。

「父さんや母さんを見たのは、そのときが最後だったわ」

「逃げだしたんですね?」

ジャドが訊くと、テリーは椅子の上で身をよじり、意外そうな顔をした。

「何ですって?」

「父親にレイプされたあとで、あなたは――」

「逃げだしたのかって?」

テリーはそう言うと、首をそらせてせせら笑った。

「わたしが逃げるわけないでしょ。よかったんだから。わたしのことを追いだしたのは、あの売女《ばいた》の母さんよ！」

セッションを始めるにあたって、ジャドはまずテープレコーダーのスイッチを入れた。

「今日は何の話をしましょうか？」

「ファックの話がいいわ」

テリーはあっけらかんと言った。

「先生がどうしてそんなカタブツなのか、先生の精神分析をしましょうよ」

ジャドはそれを無視して言った。

「キャロルが殺されたのはセックス目当てではと、どうして思ったんですか？」

「どんなことにもセックスがからんでると思えるからよ」

そう言って彼女がしなを作ると、太ももがさらにはだけた。

「スカートをおろしなさい、テリー」

テリーは無邪気な目でジャドを見つめた。

「土曜日の夜の誕生パーティーに先生が来てくれなくて残念だったわ」

「パーティーはどうでした？」

彼女はちょっと言いよどんだ。彼女には珍しいことだった。

「わたしのことを嫌いにならないかしら？」

「わたしがどう思うかなんて、いちいち訊かなくていいって教えたはずですよ。あなたが訊かなければならない相手はただひとり、あなた自身です。行ないの〝善し悪し〟は、他人とゲームをするために人間が作りあげたルールです。ルールがなくてはゲームは成立しません。でも、忘れないでください。ルールはあくまでも人工的なものなんです」

ふたりのあいだに沈黙が流れた。やがて、彼女が口を開いた。

「ダンスパーティーだったのよ。夫が六人編成のバンドを雇ってくれたの」

ジャドは黙って話のつづきを待った。テリーは身をよじってジャドを見上げた。

「本当にわたしを軽蔑しないわね？」

「わたしはあなたに手を貸したいんですよ。いままでだって、ずいぶん恥ずかしい話をしてきたじゃないですか。話したからといって、これからも同じことをするということではありませんからね」

彼女はジャドの顔色をちらりと見てから、長椅子にそり返った。

「わたしの夫のハリーがインポらしいって、話したわよね？」

「ええ」

彼女はそのことを事あるごとにほのめかしていた。

「結婚してから満足なのは一度もないのよ。いつでも変な言いわけをして……それでわたし……」

テリーは体裁悪そうに口をゆがめた。

「土曜日の夜、バンドの男たちとファックしちゃったの……ハリーの目の前で」

テリーはそう言うなり、しくしくと泣きだした。ジャドは彼女にクリネックスを渡してやり、それからの彼女の変化を見守った。


テリー・ウォッシュバーンがこれまでに出会った人間の中で、善良な男などひとりもいなかった。どいつもこいつも、大なり小なり、彼女を食い物にしようとした。ハリウッドに出た当初、彼女はドライブインのウエイトレスの仕事にありつき、その給料のほとんどを三流の演技指導コーチへの支払いにあてていた。

一週間もしないうちに、テリーはコーチに誘われるままに、彼との同棲を始めた。コーチの家では女中代わりをやらされたあげく、コーチされるのはいつもベッドでの演技についてだった。

同棲が一か月続いたころ、コーチが三流であることがわかってきた。彼には仕事を紹介する力などまるでなかった。それを知るとすぐ、彼女はコーチのところを出て、ビバリーヒルズ・ホテル内のドラッグストアにキャッシャーとして就職した。

そこで出会ったのが映画会社の重役をしていた男だった。彼は妻へのクリスマスプレゼントを買うために帰宅ぎりぎりにドラッグストアに立ち寄ってテリーを見そめ、彼女に名刺を渡して、一度オフィスの方へ電話するように言い残していった。

一週間後、テリーはスクリーンテストを受けることになった。演技はへたくそだったが、彼女には三つの有利な点があった。ハッとするような顔と、ふり返りたくなるようなスタイル、それと、カメラ映りである。

テリーは重役の愛人になると同時に、女優としての第一歩を踏みだした。

一年めのテリー・ウォッシュバーンは端役として十本ほどの映画に出た。ファンレターもぽつぽつ来るようになった。しだいに重要な役も回ってきた。

ところが一年後に、パトロンの重役が心臓発作で死んでしまった。テリーはこれでお払い箱になるのではないかと恐れた。だが案に反して、新任の重役は彼女に好意的で、いろんな計画を提案してくれると同時に契約金まで上げてくれた。おかげで彼女は、鏡で囲まれた寝室がある、より高級なアパートに移ることができた。とはいえ、相手が入れかわっただけで

〝重役の愛人〟の立場はそのまま延長されることになった。テリーはやがてB級映画の主役を演じるまでになった。

その後はとんとん拍子だった。彼女の人気を押しあげたのは映画ファンの大衆だった。彼女の主演する映画の前売り券が飛ぶように売れるようになると、テリーはたちまち第一級映画の押しも押されぬ主演スターとなった。


すべてはふた昔も前の話である。長椅子の上で泣きじゃくるテリーにジャドは同情した。

「水を持ってきましょうか？」

ジャドがたずねると、テリーは首を横に振った。

「いいえ、けっこう。わたしは大丈夫よ」

テリーはハンドバッグからハンカチを取りだし、鼻をかんだ。

「ごめんなさい、醜態を見せて」

そう言ってテリーは上半身を起こした。

ジャドは座ったまま、テリーが落ちつくのを待った。

「どうしてわたしは、結婚相手にハリーのような男を選んじゃうのかしら？」

「それは重要な質問です。どうしてなのか自分に訊いてみてください」

「自分でわかったら結婚なんかしないわ」

テリーはむきになって言った。

「あんたは精神分析医なんでしょ。結婚相手があんなふうだとわかっていて、それでもわたしが結婚したと思う？」

「でもあなたは結婚した。彼を選んだ理由は？」

テリーはあきれた顔でジャドを見つめた。

「わたしがその理由を知っているというの？」

テリーが怒って立ちあがった。

「男は皆いやらしい。先生も同じよ！　わたしが好きでバンドの男たちとファックしたと思ってるの？」

「違うんですか？」

テリーはカッとなって近くにあった花瓶を取りあげると、それをジャドに向かって投げつけた。花瓶はテーブルに当たって壊れた。

「これでわかった？」

「いいや。それは答えじゃなくて二百ドルの花瓶です。あなた宛ての請求書につけておきますからね」

精神分析医を見つめる彼女の顔はみじめそのものだった。

「わたし、好きであんなことしたのかしら？」

テリーはつぶやいた。

「そこのところをわたしに話すんです」

テリーの声がいちだんと小さくなった。

「わたしは病気なんだわ」

テリーはつぶやいた。

「ああ、神さま。わたしは病気なんです。どうか助けてください。ジャドお願い、わたしを助けて！」

ジャドは彼女のそばに歩み寄った。

「あなたを助けられるように、わたしに協力するんです」

テリーはコックリとうなずいた。ジャドは続けた。

「家に戻ったら、落ちついて考えるんです、テリー。こういうことをしでかしてからではなく、する前にです。なぜそうしたいのかよく考えてみるんです。その理由がわかれば、あなたは自分自身をよく知ることになるんです」

テリーは精神分析医をちらりと見た。それから急に顔の表情をやわらげた。ふたたびハンカチで鼻をかんでから言った。

「先生はすばらしい人だわ」

テリーはハンドバッグと手袋を取りあげた。

「じゃあ、また来週。ですね？」

「はい」

ジャドは答えた。

「また来週来てください」

ジャドが奥のドアを開けると、テリーは出ていった。

テリーの問題の解決法をジャドは知っていた。だが安易にそれを与えるのではなく、彼女自身の手でそれをつかませなくては効果が薄い。まず彼女自身が知るべきは、愛は金銭では買えないということと、与えるときも、報酬を期待してはいけないということだ。それには、自分に自信を持つことも大切だ。自分に愛される価値があると知って初めて、他人の愛の純粋さが信じられるようになる。この愛の真理に目覚めないかぎり、テリーは愛を買いつづけるだろう。彼女にとっていちばん手近な貨幣、〝体〟を使って。

ジャドは、テリーの苦しみがどんなものかもわかっていた。自己嫌悪の底なし地獄。ジャドはそこから彼女を救いだしてやりたかった。そして、彼女を救出するには、あくまでもよそよそしくして、個人的にはいっさい心を動かされていないことを装わなければならない。冷たくて、カタブツで、天から知恵をさずかったように偉そうなことを言う先生、と患者に思われていることも知っている。しかし精神分析のセラピーを成功させるためには、この姿勢を崩してはいけないのだ。

事実はどうかというと、彼は患者ひとりひとりが抱える問題に一喜一憂、ハラハラのしどおしなのである。患者と悪夢を共有して、ジャドがどれほど悩んでいるかを知ったら、患者たちはおそらく、信じられないと言って驚くだろう。

精神分析医の資格を得るためには、精神科医として二年間修行を積まなければならない。その最初の半年間、ジャドは目もくらむような頭痛に悩まされっぱなしだった。原因は、患者ひとりひとりの症状をまるで自分の痛みのように受けとめていたところにあった。修行も一年を過ぎたころになって、ジャドはようやく患者の悩みを適当に受けながす術を身につけることができた。

テリー・ウォッシュバーンのテープを所定の場所にしまうと、ジャドの頭は彼自身のジレンマを解決すべく急回転を始めた。ジャドは受話器を取り、電話番号案内に第十九分署の番号を尋ねた。

第十九分署の交換手は彼からの電話を刑事局につないだ。

マックグレビー警部補の低音が受話器から響いてきた。

「マックグレビー警部補」

「アンジエリ刑事をお願いします」

「ちょっと待って」

受話器を置くガタガタという音が聞こえて、しばらくしてから、アンジエリの声が受話器に響いてきた。

「アンジエリ刑事。ジャド・スティーブンスです。調べのほうはどうなっているかと思いまして。どうでした?」

ちょっと沈黙があってからアンジエリ刑事の答えが返ってきた。

「調べましたよ」

アンジエリはしゃべりづらそうだった。

「わたしのほうでいろいろ訊きますから〝イエス〟か〝ノー〟で答えてくれればいいです」

ジャドは胸がドキドキしてきて、質問するのもやっとだった。

「ジフランはまだマテワン刑務所内にいるんですか?」

アンジエリの答えが戻ってくるまでが永遠の長さに感じられた。

「ええ、彼はまだあそこにいます」

失望の波がジャドの体をかけぬけていった。

「そうでしたか」

「そうなんです」

「どうもありがとう」

ジャドは受話器をゆっくりと置いた。

すると残るは、ハリソン・バークということになる。みんなに殺されると思いこんでいる、救われない妄想性障害のハリソン・バーク。バークの計画的犯行だったのだろうか？　あの日、月曜日、被害者のジョン・ハンソンはジャドのオフィスを十時五十分に出て、その数分後に殺された。その時間にハリソン・バークがオフィスに来ていたかどうかが問題だ。ジャドはバークのオフィスの番号を調べてダイヤルした。

「インターナショナル・スティール」

機械的で感情のこもらない交換手の声が聞こえてきた。

「ハリソン・バークさんをお願いします」

「ミスター・ハリソン・バークですね……ありがとうございます……すこしお待ちください……」

ジャドは秘書が出てくれることを祈りながら電話がつながるのを待った。もし秘書が席をはずしていたら、バーク自身が電話を取るだろう……。

「ミスター・バークのオフィスです」

女性の声だった。

「こんにちは。精神分析医のジャド・スティーブンスです。ちょっと教えてもらいたいことがあったんです。いいですか？」

「ああ、スティーブンス先生！　いいですよ、どうぞ」

彼女の声には安堵感と親しみがこもっていた。おそらく、ジャドがバークの精神分析医であることを知っていたのだろう。

「バークさん宛ての請求書のことなんですが」

ジャドが言うと、彼女は失望を隠そうともせずに訊き返した。

「請求書……ですか？」

ジャドは早口で手短に話した。

「うちの受付係がいなくなってしまって、わたしが自分で帳簿を見ているんですよ。先週の月曜日の九時半の予約の件で請求しようと思うんですが、その前にそちらのカレンダーと照らしあわせてくれませんか」

「ちょっと待ってください」

彼女の声が急に不機嫌そうになった。ジャドには秘書の気持ちが容易に分析できた。おそらくボスから聞かされているのだろう。彼のかかっている精神分析医は金銭にこまかい男だと。すぐ秘書の声が戻ってきた。

「そちらの間違いじゃないでしょうか、ドクター・スティーブンス」

彼女はうんざりした口調で答えた。

「月曜日の朝、バークさんがそちらにお邪魔したはずはありませんけど」

「それは確かですか？」

ジャドは念を押した。

「うちの受付簿には九時半と――」

「おたくの受付簿にどう書いてあろうがですね」

彼のこまかさに秘書は怒っていた。

「バークさんは月曜日の午前中はずっと役員会議に出席していました。始まったのは八時です」

「バーク氏が一時間ぐらい会議から抜けだしたということはありえないんですか？」

「いいえ」

秘書はキッパリと言った。

「バークさんは一度もオフィスを離れませんでした」

秘書の声には非難の響きがあった。

〈バークさんは病気なんですよ！　彼を救うのがあなたの役目じゃないですか！〉

「電話があったことを伝えましょうか？」

「いや、その必要はありません」

ジャドはあわてて言った。

「じゃあ、どうも」

ジャドは何かきちんとしたあいさつか気のきいたユーモアで話を終えたかったが、あせっていたので何も思いつかなかった。

これで一巻の終わりである。ジャドは〝からぶり三振〟だ。ジフランもハリソン・バークも犯人でないなら、ジャドを殺す動機を持った人間は誰もいなくなる。ジャドは振り出しに戻されることになった。誰かが――何者たちかが――彼の受付係と、患者のひとりを殺害した。あの轢き逃げ事件は故意だったのか、それとも事故だったのか？　あれが起きた当初はいかにも故意に思えた。だが、あとでゆっくり考えてみると、あのときの彼は前日の悲劇で動転していて、冷静にものを見られない状態にあった。

すべてを事件に結びつけて、自分を狙った犯行だと思ってしまったのかもしれない。彼を殺す動機を持っている人間などいないのが本当のところではないか。実際、すべての患者たちとうまくいっていたし、友達とのつき合いも温かくて情のこもったものだ。ジャドが記憶するかぎり、他人を傷つけたこともない。

電話が鳴った。ハスキーな声を聞いた瞬間に、ジャドは麗《うるわ》しのアンからだとわかった。

「いまお忙しいですか?」

心配そうな彼女の声だった。

「いいえ、かまいませんよ」

ジャドは明るさを装った。

「交通事故にあったんですって? 新聞で読んだわ。もっと早く電話したかったんですけど、先生のことがなかなかつかまらなくて」

「べつに心配するようなことじゃありません。道をヨタって横切っちゃいけないってことです」

「轢き逃げだって新聞には書いてありましたけど」

「確かにね」

「犯人は捕まったんですか?」

「いいや。たぶん朝帰りのお兄ちゃんにやられたんでしょう」

〈ヘッドライトを消した黒塗りのリムジンのね〉

「それに間違いないんですか?」

アンの唐突な訊き方にジャドは引っかかった。

「それはどういうことなんですか?」

「わたしもよくわからないんですけど」

おぼつかなそうな彼女の口調だった。

「つまり――そのう――キャロルも殺されたし、タイミングがあまりにも――」

〈やはり彼女も事件と結びつけて考えているじゃないか〉

「まるで殺人鬼があなたのまわりに出没しているみたいですね?」

「もしそのとおりなら」

ジャドは彼女を安心させた。

「警察が捕まえてくれますよ」

「あなたは危険じゃないの?」

アンの親しげな言葉にジャドは胸が熱くなった。

「もちろん、そんなことはありません」

ふたりはしばらく黙りこんだ。言いたいことが山ほどあっても、ジャドは何も言えなかった。患者が医者を心配してかけてくるあいさつ程度の電話をゆめゆめ誤解してはいけない！　アンは、誰か困った人がいたら、すぐに電話して慰めるタイプの女性なのだろう。彼女がくれた電話にそれ以上の意味はない。

「金曜日には来るんでしょ？」

「ええ」

ひと言だったが、彼女の答えには妙な響きがあった。アンは気を変えて約束に来ないつもりなのだろうか？

「じゃあ、約束ですよ」

ジャドはあわてて念を押した。約束といっても、それはあくまでも仕事上の約束だ。

「ええ、ではさようなら、スティーブンス先生」

「さよなら、ミセス・ブレーク。電話をくれてありがとう」

ジャドは受話器を置きながら思った。彼女の夫は自分がどれほど果報者か分かっているのだろうかと。

ところで彼女の夫とはどんな人なのだろう？　アンから得たわずかな知識から、ジャドは、ハンサムで思慮深い男性を想像した。スポーツマンで、明るくて、事業に成功していて、芸術を愛し、寄付を惜しまない紳士。ジャドが友達になりたいような男性像しか思い浮かんでこない。事情が違っていたら、親しくつき合えたかもしれない。

それにしても、夫にも相談できないような、アンが抱えていた問題とはいったい何だったんだろう。夫だけではなく、精神分析医にすら相談できないほどの問題だったのかもしれない。アンの性格から考えて、おそらくそれは、誰にも言えないほどの深刻な良心の呵責だったのでは？　結婚前の、それとも結婚後の情事？　だが、彼女が夫以外の男性と関係するなどジャドにはとても想像できなかった。きっと彼女は金曜日には話してくれるだろう。ジャドと最後に会うことになる金曜日に。

その日は落ちつかないまま、午後の残り時間があっという間に過ぎていった。ジャドは、キャンセルできなかった三人の患者のセラピーをこなさなければならなかった。いつもどおり、ひとりに五十分費やした。最後の患者を送りだすと、彼はハリソン・バークの前回のセッションのテープを取りだし、それを再生し、メモをとりながら注意深く耳を傾けた。

聞き終わると、テープレコーダーのスイッチを切った。もはや選択の余地はなかった。明日の朝一番でバークの雇用主に電話して、彼の容体について話すつもりだった。

ジャドは窓に目をやり、外が暗くなっているのを見てびっくりした。時刻は八時になるところだった。緊張の一日が終わって疲れがどっと襲ってきた。体の痛みはまだ消えず、とくに腕の痛みが激しかった。ジャドは早く家に戻ってゆっくり熱い湯につかりたかった。テープ類をすべて片づけたが、バークの分だけはカギのかかるサイドテーブルの引き出しの中にしまった。いずれそれを、法廷が任命する精神科医にゆだねるつもりだった。

オーバーをはおり、ドアの近くまで来たところで電話が鳴った。ジャドは机に戻り、受話器を取りあげた。

「ドクター・スティーブンスですが」

電話の相手は何も答えなかった。低い鼻息だけが受話器から聞こえていた。

「もしもし？」

相手が答えないのでジャドは受話器を置き、顔をしかめてその場に立ちすくんだ。まちがい電話だろう、と思うことにした。それから彼はオフィスの照明を消し、ドアにカギをかけ、エレベーターホールに向かった。ほかのテナントはもうとっくに帰ってしまって、残っているのは彼だけらしかった。夜勤の補修作業員たちが出てくる時間にはまだなっていなかった。したがって、ビルにいるのは警備員のビジローひとりだけだった。

ジャドはエレベーターの呼び出しボタンを押した。が、ボタンの明かりがつかなかった。

もう一度押してみたがやはり反応がなかった。
そのときだった。廊下の照明がいっせいに消え、ジャドはまっ暗闇の中に立たされた。

第七章

まっ黒な闇が、エレベーターの前に立ちすくむジャドを押さえこむように包んでいた。ジャドは、心臓の鼓動がいったんは遅くなり、すぐにドキドキと速まるのがわかった。第六感が身の危険を知らせていた。彼はポケットからマッチを取りだそうとしたが、マッチはオフィスに置いてきたことを思いだした。

もしかしたら下の階の照明はついているかもしれなかった。ジャドは壁をたよりに移動し、階段に通じるドアを探した。

ドアを押し開けると、階段もまっ暗だった。手すりをたよりにジャドは闇の中へ一歩一歩おりていった。

はるか下に揺れる明かりが見えた。誰かが懐中電灯を持って階段を上がってくるところだった。ジャドはホッと胸をなでおろした。上がってくるのは警備員のビジローにちがいなかったからだ。

「ビジロー！」

ジャドは叫んだ。

「ビジロー！　わたしだ。スティーブンスだ！」

ジャドの声は階段のコンクリートの壁にこだまして不気味に響いた。懐中電灯の主は無言のままこちらに向かってどんどん近づいていた。

「あんたは誰だ!?」

ジャドの問いかけに答えたのは彼自身のこだまだった。

ジャドはそのときになって初めて悟った。上がってくるのは彼を狙う殺人者にちがいないと。相手はふたりらしかった。ひとりが電源を切り、もうひとりがこうして彼の退路をふさいでいるのだ。

懐中電灯の明かりはどんどん近づいていて、いまは二、三階下にまで迫っていた。ジャドは恐怖で全身が硬くなった。心臓が狂ったゼンマイ時計のようにドキドキ鳴っていた。足もすくんでいた。

彼はすぐさま向きを変え、階段を、元のフロアーに向かって逆戻りしはじめた。

廊下に出るドアを開けてから耳をすませて様子をさぐった。誰かが廊下で彼を待ちかまえているかもしれないからだ。

階段をのぼる足音は一歩一歩大きくなっていた。口の中をカラカラにしながら、ジャドはまっ暗な廊下をすばやく進んでいった。エレベーターに着いてからは、オフィスのドアをかぞえながら進んだ。ちょうど自分のオフィスの前に来たところで階段のドアの開く音が聞こえた。

手にしたキーが指からすべって床に落ちた。ジャドは半狂乱になって床をまさぐった。さいわい、カギは見つかったのでそれでドアを開け、受付ホールに入った。すぐにドアを閉め、内鍵をしっかりかけた。こうしておけば、特別なカギを持っている者以外は中に入ってこられないはずだ。

廊下から足音が聞こえてきた。ジャドは奥のオフィスに入って照明のスイッチを押してみた。しかし結果は同じだった。ビル全体の電源が切れているらしかった。自室のドアをロックしてから、ジャドは電話に手を伸ばした。手さぐりでボタンを押し、オペレーターを呼んだ。長い呼び出し鈴が三回鳴ってからオペレーターの声が響いてきた。この声がなかったらジャドは外の世界と完全に遮断されてしまう。

彼は声をひそめて早口でしゃべった。

「オペレーター、これは緊急電話です。わたしは精神分析医のジャド・スティーブンスだが、第十九分署のフランク・アンジェリ刑事を呼びだしてほしい。大至急だ、よろしく」

「わかりました。そちらの番号をどうぞ」

ジャドは交換手に自分の番号を教えた。

「では、しばらくお待ちください」

侵入者は廊下に面したドアをカチャカチャやりはじめた。しかしドアは簡単には開かない構造になっていた。外側には取っ手がないのだ。

「オペレーター、早くしてください！」

「もうちょっとお待ちください」

のんびりした冷たい返事が返ってきた。ガチャガチャと線のつながる音が聞こえたあとで、警察の交換台が応答した。

「第十九分署」

ジャドは胸をはずませた。

「アンジェリ刑事につないでください！　至急です！」

「アンジェリ刑事ですね……しばらくお待ちください」

外の廊下では、なにやら新たな展開を迎えているようだった。ヒソヒソ話が聞こえていた。どうやら二人組が合流したらしい。連中は次なる一手に何を企んでいるのだろう？

受話器から聞きなれた声が響いてきた。

「アンジェリ刑事は席をはずしている。相棒のマックグレビー警部補だが、どなたかな？」

「ジャド・スティーブンスです。いま自分のオフィスにいるんですが、電源が切られてしまって誰かが侵入しようとしているんです！　わたしは殺されます！」

マックグレビー警部補は押し黙った。が、しばらくしてからこう言った。

「先生、そんなに怖がらずに警察のほうへ出向いたらどうですか。話はここでゆっくり――」

「ここから出られないんです！」

ジャドはほとんど叫んでいた。

「誰かがわたしを殺そうとしているんです！」

電話の向こうがふたたび沈黙した。マックグレビー警部補は彼の訴えをぜんぜん真に受けず、助けに来そうな様子などまったく見せなかった。

そのとき、外のドアの開く音がして、人の話し声が聞こえてきた。

ありえないことだ！　特別なキーがなければ絶対開かないはずのドアである。しかし現に人の声が聞こえ、しかも侵入者は今度は彼の個室のほうに向かっている。

受話器の中でマックグレビーが何か話していた。しかしジャドはもう聞いていなかった。

手遅れである。ジャドは受話器を置いた。マックグレビー警部補がすぐに飛んできても間に合うはずがない。殺人者がいまここに来ているのだ！

〈わたしの人生もこれで終わりだ。命の糸が切れるのに一秒もかからないだろう〉

ジャドは恐怖を通り越して逆に闘志がわいてきた。窮鼠《きゅうそ》が猫をかむような、捨て鉢な勇気だった。ハンソンやキャロルのようにむざむざ殺されてたまるか、とジャドは胸の中で叫んだ。

〈暴れまくってやる！〉

ジャドは暗闇をまさぐり、武器になりそうな物を探した。灰皿……事務用ナイフ……どれも役立ちそうになかった。相手はおそらく銃を持っているだろう。

まるでカフカの悪夢だった。彼は理屈もへったくれもなく死刑を宣告され、顔のない執行人がいままさに手を上げようとしている。

執行人の手がドアにかかる音を聞いて、ジャドは自分の命があと一、二分であることを悟った。

土壇場に来てジャドは妙な落ちつきをとり戻した。まるで自分が患者になったような気持ちで、彼は最後の考えを整理した。美しい人妻、アンのことが頭に浮かんだ。彼女にもう会えないのかと思うと胸が痛んだ。次に頭に浮かんできたのは患者たちのことだった。ジャドは、患者たちが自分をどれほど必要としているかを思った。ハリソン・バークのことが頭に浮かんだ。バークが危険であることを雇用主に伝えられなかったことが悔やまれた。だったらいっそのこと、彼のテープを目につくところに置いておいたほうが……ジャドはハッと思いついた。

〈そうだ！　これを武器に使えばいいんだ！〉

「カチャン」とドアの取っ手の回る音が聞こえた。カギがかかっているはずなのに。そんなに簡単に開くものだろうか？　しかし、その道に長《た》けた者たちにとっては簡単なことなのだろう。

ジャドは床を這《は》って、バークのテープがしまってあるサイドテーブルをさぐった。

ドアが押されるきしみと、取っ手をいじくる音が聞こえた。

〈なぜさっさと入ってこないんだ!?〉

ジャドはふとそう思った。頭の中のどこかがその答えを発していたのだが、それについてゆっくり考えているゆとりはなかった。

震える手でジャドは引き出しを開け、テープを取りだし、それをプレーヤーに入れた。イチかバチかだが、彼に残された唯一のチャンスだった。

ジャドはそこに立ち、意識を集中してバークとの対話のありのままを思いだそうとした。ドアのきしみが続いていた。ジャドは声に出さず早口で祈った。ようやく切りだすべき言葉を思いついた。

「どうしたんだろう、いまごろ停電になって? もうしわけない!」

ジャドは声を張りあげて言った。

「でももうすぐ直りますからね、ハリソン。まあ、横になってリラックスしてください」

ドアの外の音が急にやんだ。ジャドはプレーヤーのスイッチを入れた。しかし何ごとも起こらなかった。あたりまえである。電源が切られているのだ。侵入者たちがふたたびカギをいじる音が聞こえてきた。ジャドはあせった。急に無力感に襲われて、何がどうなってもかまわなくなった。

「そう、それでいいんです」

ジャドはふたたび声を張りあげた。

「そのほうがリラックスできるでしょ」

ジャドはそう言いながら、テーブルの上にあるはずのマッチを探した。マッチがあったのでそれをつけ、炎の明かりでプレーヤーのボタンを確認した。〝バッテリー〟と表示されたスイッチがあったので、それをオンにしてから再びプレーヤーのスイッチを入れた。

まさにその瞬間だった。カチャンというカギの開く音が聞こえた。ジャドの最後の砦《とりで》が崩されたのだ！

とそのとき、バークの声が部屋中に響いた。

「そんなことしか言えないのか、先生は！　わたしの証拠を聞こうともしないんだ！　あんたも一味なのか!?」

ジャドは凍りついたようにその場から動けなかった。心臓は雷のように音を立てて鳴っていた。

「わたしが一味のはずなんてないでしょ」

テープの中のジャドの声が言っていた。

「わたしはあなたの友達なんです。あなたに手を貸そうとして、こうして話しあっているんですよ……その証拠というのを聞かせてくれますか？」

「連中は昨日、わたしの家に押し入ったんだ」

バークの声が言った。

「わたしを殺すためにね。でも、出し抜いてやったよ。わたしはそんなまぬけじゃないからね。そういうこともあるだろうと思って、最近は寝床を書斎に移して、カギを二重にしておいたんだ。だから、連中は押してもたたいても中に入れなかったんだよ」

部屋の外の音はやんでいた。ジャドの声がふたたび部屋の中に響いた。

「その件を警察に届けましたか？」

「もちろん、そんなことするわけないだろ！　警察も連中の一味なんだからな。警察官たちは、わたしを射殺してもいいと命令されているんだ。でも、周囲に人がいるところでは手出しできないでいる。だからわたしはいつも人込みの中にいるようにしているんだ」

「そこまでわたしに教えてくれてありがとう」

「この情報を先生はどうするつもりなのかね？」

「あなたが言ったことは細大もらさず聞きました」

ジャドの声が答えた。

「しかも、話は全部……」

その瞬間、ジャドの脳に警報が鳴りひびいた。次の言葉を聞かせてはいけない。

〈〝このテープに入っています〟〉

ジャドは飛びついてスイッチを切った。そして声を張りあげてその先を続けた。

「わたしの頭におさめてありますからね。一緒に最善の解決策を見つけていきましょう！」

テープを続けるわけにはいかなかった。暗かったので、スキップさせたりする操作ができなかったからだ。あとは、これで侵入者たちが、患者がいるものと思いこんでくれることを祈るのみだった。しかし、彼らは患者がいるとわかっていても侵入してくるのでは！

「こういう例は――」

ジャドは声を張りあげた。

「あなたが思っている以上に多いんですよ、ハリソン」

ジャドは叫ぶように言った。

「どうしたのかな、電源は！　外で待っているあなたの運転手が心配してやって来るんじゃないでしょうか！」

ジャドは話をやめて耳をすませた。ドアの外からヒソヒソ話が聞こえていた。連中は何を相談しているのだろう？

そのとき、遠くからパトカーのサイレンの音が聞こえてきた。話し声が急にやんだ。ジャドは耳をすませた。廊下に面したドアの閉じられる音が聞こえた。そこで物音がやんだ。侵入者たちはドアの外で待ちかまえているのだろうか？　パトカーのサイレンがどんどん近づき、ビルの前で止まった。

まもなくすべての照明がパッとともった。

第八章

「飲みますか?」

マックグレビー警部補は不機嫌そうに首を横に振った。そして、ジャドが二杯めのウイスキーをグラスに注ぐのを黙って見ていた。ジャドの手はまだ震えていた。ウイスキーがのどを通り、体がポッと温まるのを感じて、ジャドはようやくリラックスしはじめた。

マックグレビー警部補がオフィスに到着したのは、照明がともってから二分後だった。彼と一緒にやってきた冴《さ》えない巡査長はメモ帳を取りだし、ジャドの話を書きとめていた。

マックグレビーが言った。

「もう一度最初から話してくれますかな、スティーブンス先生」

ジャドは息を大きく吸いこむと、ふたたび初めから話しはじめた。声を意識的に低めて、自分を落ちつかせていた。

「オフィスのカギを閉めて、エレベーターのところへ行ったんです。廊下の照明は消えていました。下の階なら電源は切れてないと思って、階段を下りはじめたんです」

ジャドはそのときの怖さを思いだして、ちょっと言いよどんでから続けた。

「誰かが懐中電灯を持って階段を上がってくるのが見えました。わたしは警備員のビジローだと思って、大声で呼びかけました。が、ビジローではありませんでした」

「誰だったんだね、それは?」

「さっきも話したじゃないですか」

ジャドは言った。

「連中は答えなかったので、誰だかわからないんですよ」

「その人たちが先生を殺しに来たと、何を根拠に思ったんだね?」

ここで警察に信じてもらえなくては、彼としてはどうしようもなくなる。ジャドは怒りをこめて言い返した。

「あの連中はわたしのオフィスまで追ってきたんですよ！」

「先生を殺しに来たのは二人組だと思うんだね？」

「少なくともふたりでした。ふたりのヒソヒソ話が聞こえましたから」

「受付ホールに入ってから、廊下側のドアを閉めてカギをかけたんだね。それに間違いないね？」

「ええ、間違いありません」

マックグレビー警部補は受付ホールからジャドの個室のドアに歩み寄った。

「連中はこのドアをこじ開けようとしたんだね？」

「いいえ」

ジャドは、あのとき自分でも不思議に感じたことを思いだしながら言った。

「だろうな」

警部補が言った。

「廊下に通じる玄関ドアは、特別なキーがあれば、表からでも開くのがあたりまえだからな。そうですな？」

ジャドは誘導されているのがわかったので答えたくなかったが、同意せざるをえなかった。

「ええ、そうです」

「その特別なキーを持っているのは誰なんだね？」

ジャドは自分の顔が赤らむのがわかった。

「キャロルとわたしですが」

「掃除の人たちなんかはどうするんだね。どういうふうにして中に入ってくるのかな？」

マックグレビーの口調はおだやかだった。

「週に三回、キャロルが早朝出勤して掃除の人たちに仕事をさせていたんです。掃除は、最初の患者が到着する前に終わらせる取り決めになっていました」

「それはまたやっかいだね。ほかの事務所を掃除するとき、ついでにおたくのオフィスも掃除できたら、仕事もやりやすいだろうに」

「ここに置いてある患者のファイルはきわめて機密性の高いものですから、少々不便でも、誰もいないときに他人を中に入れるわけにはいかないんです」

マックグレビー警部補は巡査長のほうを見て、ちゃんとメモしているかどうか確認した。満足すると、警部補はジャドのほうに向きなおった。

「われわれがおたくの受付の玄関を開けたときは、ドアのカギはかかっていなかったな。こじ開けられたんじゃなくて、ちゃんとカギで開けられていた。これはどういうことなんです？」

ジャドは何も言わなかった。マックグレビーは続けた。

「カギを持っているのは、先生とキャロルだけだってさっきおっしゃいましたな。そのキャロルが持っていたカギは警察に保管されているんですよ、先生。ほかに誰か同じカギを持っている人がいるんじゃないのかね？」

「ほかにはいません」

「だったら、その男たちはどうやってカギを開けたのかね？」

そう訊かれて、ジャドは急に思いついた。

「連中はキャロルを殺したときにスペアキーを作ったんだ！」

「それはありうる」

うなずくマックグレビーの唇からかすかな笑みがこぼれた。

「もし、誰かがスペアキーを作ったのなら、彼女のキーにパラフィンの跡が残っているはずだ。警察の研究所にテストさせよう」

一本取ったような勝利の快感を味わいながら、ジャドはうなずいた。だが、快感は長続きしなかった。

「すると、つまるところ、先生の考えはこういうことですな？」

警部補はジャドのそこまでの訴えを要約した。

「ふたりの男が――現時点では女は関係していないらしくて――スペアキーを作って、おたくのオフィスに侵入し、先生を殺そうとした。そういうことですな？」

「ええ、そうです」

ジャドはうなずいた。

「自室に入ってから内鍵をかけたって、さっきおっしゃいましたな？」

「ええ」

「しかしそのドアも、われわれが開けたときはカギがかかっていませんでしたよ、先生」

マックグレビーの口調はすっかりやさしくなっていた。警部補の疑問にジャドは答えた。

「連中はそこのスペアキーも持っていたんでしょう」

「だったら、カギを開けておきながら、連中はどうして先生を殺さなかったんですかね？」

「そのことはさっきも話したじゃないですか。連中はテープの声を聞いて――」

「執拗なふたりの殺し屋が電源まで切って先生を個室に追いこみながら、先生の髪の毛一本も抜かずにどこかに消え失せたと言うんですか？」

警部補の口調は軽蔑に満ちていた。

ジャドはこみ上げてくる怒りをおさえるのがやっとだった。

「あんたは何が言いたいんですか!?」

「では、はっきり言わせてもらいましょう、先生。誰かが侵入したなんて嘘っぱちでしょう。先生が誰かに狙われているなんてわたしは信じませんよ」

「信じたくないなら信じなきゃいいでしょう」

ジャドは怒りをあらわにして言った。

「じゃあ、照明が切れたのはどう説明するんだ!? 夜間警備員のビジロ一はどうなったんだ!?」

「彼はいま、下のロビーだ」

ジャドは心臓が止まるかと思った。

〈彼が殺された!?〉

「われわれがこのビルに到着したとき、警備員は地下で壊れた電源スイッチを修繕していてね。ちょうど修繕を終えたところだったから、われわれをすぐ中に入れてくれたよ」

ジャドはポカンとなって警部補を見つめた。

「はあ?」

彼はそう言うのがやっとだった。

「どういうつもりでやっているのかわからんがね、先生」

マックグレビーは吐き捨てるように言った。

「今後はわれわれを巻き添えにしないでほしい」

警部補は出口のほうに歩んでから、ふり返って言った。

「たのみますよ、先生。もう警察なんかに電話しないことですな。そのときは、こちらから連絡しますよ」

巡査長はメモ帳をパタンと閉めて警部補のあとに続いた。

ウイスキーの効果はいつのまにか消え、酔いが醒めたジャドはどうしようもないほど落ちこんでいた。これからどうすればいいのやら、考える力もなくしていた。彼は脱出口へのヒントのない迷路に閉じこめられていた。

これでは〝狼少年〟以下ではないか。ただし、この場合の狼は、マックグレビー警部補が来るたびに消えてしまう幽霊殺し屋だ。幽霊、それとも……もうひとつの可能性がある。しかし、それを認めるのは恐ろしすぎる。だが、そこは避けては通れない。

ジャドは自分自身が〝妄想性障害〟にかかっている可能性を直視しなければならなかった。過度のストレスを受けつづけて、幻想を現実のものと思いこんでしまうことはある。ここのところ、ジャドは働きすぎだった。もう何年も休暇をとっていない。

ハンソンとキャロルの死が思考を混乱させる引き金になった可能性はある。被害妄想をわずらう人たちには、誰もが敵に見え、日常のささいなことが悪意をもって仕組まれたように思えるものなのだ。

轢き逃げ事件の場合を考えてみよう。もしあの車が殺す目的でぶつかってきたのなら、そのまま逃げ去るのはおかしい。ドライバーがおりてきて、仕事の仕上げをするのが筋ではないか。

今夜侵入してきたふたりの男の場合もそうだ。男たちが銃を持っているかどうかさえジャドは知らなかった。それなのに殺しに来たと思いこむ――それこそが被害妄想というものではないか。侵入してきたのは単なるコソ泥だと考えるほうが理にかなっている。だからこそ、テープの声を聞いて逃げていったではないか。もし殺し屋なら、中から声がしようがしまいが、遠慮なくドアを開けてさっさと仕事を済ませていくはずだ。

ジャドはこれからの自分のために真実を見きわめなければならない。それにはどうすればいいのだろう？　警察に何を訴えてもむだなことだけははっきりしていた。相談相手もなく、ジャドは孤立無援だった。

あれこれ思案しているうちに、ひとつ考えらしきものが浮かんできた。追いつめられた末に思いついたアイデアだった。有効かどうか頭の中で検討してみた。検討すればするほど、これはいけると思えた。

ジャドはぶ厚いイエローページを取りだし、目的のページをパラパラとめくりはじめた。

第九章

次の日の午後四時にオフィスを出たジャドは、波止場に近いウエストサイドのさる住所に向かって車を走らせていた。

古ぼけたレンガ造りのアパートだった。いまにも崩れそうな建物の前に車を止めて、ジャドは急に不安になった。やめておいたほうがいいような気がした。住所を間違えたのかとも思った。そのとき、一階のアパートの窓に書かれた文字が目にとまった。

ノーマン・Z・ムーディー
私立探偵
満足を保証

ジャドは車から出て外に立った。夕方から雪になるとの予報が出ていた、風の冷たい日だった。ジャドは自分を励まして凍った歩道を歩き、建物の玄関に足を踏み入れた。小さな玄関には、料理のにおいと小便のにおいが混ざる異臭が漂っていた。ジャドは〝ノーマン・Z・ムーディー　1〟と表示されているボタンを押した。ブザーが鳴り、ドアが開いたのでジャドは建物の中に入った。アパート第一号室はすぐに見つかった。ドアにはこう書いてあった。

ノーマン・Z・ムーディー
私立探偵
ベルを押してから入ること

ジャドはベルを押して、中に入った。

ムーディーはどうやら贅沢がきらいな男らしかった。家具類は、甲状腺障害をわずらわされた目の見えないネズミが選んだのかと思うほどオンボロだった。部屋のあらゆる角がすり切れていた。奥には日本製とおぼしき使い古しのついたてが立てかけられ、その横にはインド製のランプが、ランプの前には傷だらけのデンマーク製の現代風テーブルが置かれていた。新聞や雑誌類がそこいらじゅうに積まれていた。

内側のドアがバタンと荒々しく開けられ、ノーマン・Z・ムーディーが姿を現わした。百六十センチそこそこの小男ながら、体重は百キロ以上あるように見えた。彼が歩く様子はまるで転がるようだった。ジャドは彼の顔を見て、アニメに描かれた仏像を思いだした。陽気そうな丸顔で、その大きな青い目からは探偵らしい鋭さは感じられなかった。むしろ、あどけない印象さえ受けた。卵形の頭はつんつるてんにハゲていて、年齢は不詳だった。

「スティーブンスさんですね？」

ムーディーがそう言って、ジャドを迎えた。

「ドクター・スティーブンスです」

ジャドは自分の身分を明かしておきたかった。

「おかけください、おかけください」

仏像顔の男は南部なまり丸出しだった。ジャドは座るべき場所を求めて周囲を見まわした。ボディービルとヌーディストの雑誌の束を持ち上げてどかすと、よれよれのレザーのひじ掛け椅子が現われた。ジャドはおっかなびっくりそこに腰をおろした。

ムーディーは超大型の揺り椅子にその巨体を沈めた。

「さてと。どんなご相談ですかな？」

ここに来たのは間違いだった、とジャドは思いはじめていた。電話ですでに本名を教えてあった。その本名がニューヨークの新聞を連日にぎわせていた。だから、彼としては自分の名前が届いていないような辺ぴな場所の売れない探偵を選んだつもりだったが、どこかピントがぼけていた。いっそのこと何かにこじつけて、このまま出ていってしまおうかとも思った。

「誰にわたしを推薦されたんですか？」

ムーディーがいきなり拍子抜けする質問を浴びせてきた。

ジャドは相手の気分を害したくなかったので、なんと答えるべきか迷った。

「イエローページであなたの名前を見たんです」

ムーディーはケラケラと笑った。

「イエローページがなかったら、おれはオマンマの食い上げだな」

彼は明るく言った。

「イエローページはバーボン以来最大の発明だよ」

彼はそう言って、もう一度ケラケラと笑った。

相手はどうやら完全におめでたいらしかった。ジャドは立ちあがった。

「時間をとらせてすみませんでした、ミスター・ムーディー」

ジャドは歩きかけて言った。

「いま一度ゆっくり考えてから出直そうかと……」

「はあ、はあ。そうなんですか」

ムーディーは、よくあることだと言わんばかりに、わかったような調子で言った。

「それはそれでいいんだけど、予約手数料だけは払ってもらいますよ」

「当然です」

ジャドはそう言ってポケットから何枚かの札を取りだした。

「それで、いくらなんですか？」

「五十ドル」

「五十――？」

ジャドは耳を疑った。思わずつばをゴクリとのみ込んだ。しかし、考えてみれば、こんなクモの巣のような探偵のところに飛びこんできた自分がいけないのだ。さっさと払って退散しよう。ジャドは札をかぞえ、それを腹立たしげにムーディーの手に押しつけた。ムーディーはそれを楽しむように一枚一枚かぞえた。

「あんがと」

ムーディーの言葉を聞き終わらないうちに、ジャドはドアに向かって歩きだした。ばかばかしいかぎりだった。

「先生……」

ジャドがふり向くと、ムーディーはうれしそうに笑いながら、かせいだばかりの五十ドルをハーフコートのポケットにしまいこんでいた。

「五十ドルいただいたんですから」

ムーディーの声はおだやかだった。

「先生にもっと時間をさけるんですがね。おかけになって、問題を話してくれたらどうですか？　あっしはお客さんにいつも言うんですよ。胸のつかえを取るのが、体を楽にするいちばんいい方法だってね」

なんたる皮肉。自分が専門とする精神分析の金言を、こんなうすらバカの口から聞かされるとは。ジャドはもう少しで笑いだすところだった。しかも、人の胸のつかえを取ることに一生をささげるつもりの彼に向かって。

ジャドはちらりとムーディーを観察した。この男に話したからといって失うものはあるだろうか？　見知らぬ人間に事情をうち明けたら、いくらかでも気が休まるかもしれない。ジャドはのろのろと椅子に戻り、もう一度腰をおろした。

「重そうですね。先生はまるで地球を背負って歩いているように見えますよ。ふたつの肩よりも、四つの肩のほうが楽だって、あっしはいつも言うんです」

ムーディーの口から出る金言の安売りに、あといくつ我慢できるかジャドは自信がなかった。

ムーディーは客の顔を見つめながら言った。

「ここに来た理由は？　女ですか？　それとも金ですか？　あっしはいつも言うんです。金と女を取りのぞいたら、世界じゅうの問題は即、解決するってね」

ムーディーは目でジャドに回答をうながした。

「誰かが――誰かがわたしを殺そうとしているんです。わたしにはそうとしか思えないんです」

ムーディーが青い目をパチクリさせた。

「そうとしか思えない、とはどういうことですか？」

ジャドは質問を無視して言った。

「こういうことを専門に調査する人、誰かご存じありませんか？」

「あっしがやりますよ」

ムーディーは迷わずに答えた。

「ノーマン・Z・ムーディー、国一番の探偵がね」

ジャドはがっくりしてため息をついた。

「くわしく聞かせてくださいよ、先生」

ムーディーがせっついた。

「先生とあっしふたりで解決できるものなのかどうか、検討してみましょうよ」

ジャドは苦笑をこらえきれなかった。まるで、いつものセラピーでの自分の口上を南部なまりで聞かされているようなものだった。

〈そこに横になってリラックスしましょう。そして、考えつくことをなんでも話してください〉

〈まあ、いいか〉

ジャドは急に自信をなくした。

大きくため息をついてから、ジャドは、二、三日前からの出来事をできるだけくわしく話した。話している途中、ムーディーが前にいることを忘れていた。実際彼は、自分に向かって話していた。起きた不可解な事件を言葉にすることによって、自分の思考を整理していた。彼が最も恐れていた自分自身の精神の病の可能性については、慎重を期してひと言もふれなかった。

話を聞いたムーディーはうれしそうに顔を輝かせた。

「問題ははっきりしてますね。誰かが本当に先生を殺そうとしているか、先生が被害妄想狂になりかけているかのどっちかです」

ジャドはびっくりして相手を見上げた。ノーマン・Z・ムーディーに勝ち点1！

ムーディーの話は続いていた。

「事件の捜査にあたっている刑事はふたりいるって言いましたね。そのふたりの名前を覚えてますかね？」

ジャドは話すのをためらった。この男に深入りさせたらややこしいことになる。一刻も早くここから退散したいのがジャドの本音だった。

「フランク・アンジェリ刑事と」

ジャドはしぶしぶ答えた。

「マックグレビー警部補ですが」

ムーディーの表情が微妙に変化した。

「誰かに殺される理由でもあるんですか、先生?」

「思いあたることなんてぜんぜんありませんよ。自分では敵などいないと思っていますから」

「おお、ご立派ですな。しかし、ちょっと待ってくださいよ。男には必ず見えない敵がいるって言うじゃありませんか。あっしはいつも言っているんです。敵というのは〝人生のパン〟にほどよい塩味をつけてくれるってね」

ジャドはうんざりしたが、顔には表わさないようにした。

「奥さんはいるんですか?」

探偵が訊いた。

「いいえ」

「ホモなんですか?」

ジャドはため息をついた。

「そういうことは警察にさんざん訊かれて、わたしは——」

「まあまあ。あっしは、料金をいただいたから先生のお役に立ちたいだけです」

ムーディーはあくまでもマイペースだった。

「誰かから金を借りているとか？」

「月々の支払いが普通にあるだけですよ」

「先生の患者さんたちはどうなんですか？」

「どうだとは？」

「それはですね、つまり、あっしはいつも言うんです。貝殻を拾いたかったら海岸へ行けってね。先生の患者さんたちは、やはりちょっとおかしいんでしょ、はっきり言って？」

「いや、そう言うのは間違いです」

ジャドは不機嫌そうに言った。

「わたしの患者は、問題を抱えた人たちです」

「自分では解決できない精神的な問題でしょ？　その中のひとりがやったということはありえないんですか？　とくに理由なんかなくても、先生に恨みがあると思いこんでね」

「ありえないわけではないが、ひとつ断わっておきたいのは、わたしの患者は全員、一年以上わたしの治療を受けてきているということです。これだけ長くつき合っていれば、相手についてたいがいのことはわかりますよ」

「先生の前で怒り狂った患者はいませんでしたか？」

ムーディーはあいかわらずあっけらかんとしていた。

「それは、中にはいますよ。しかし、われわれが捜しているのは怒る人間ではなく、殺人狂です。すでに少なくともふたりを殺し、何度かわたしを殺そうとした殺人狂をね」

そこで言いよどんでから、ジャドは意を決したように先を続けた。

「もし、そういう患者がいて、わたしがそれと気づかなかったら、あなたはいま、世界一の無能な分析医を相手にしている、ということですよ」

そう言い終えてジャドが顔を上げると、ムーディーは興味深そうにこちらを観察していた。

「事を進めるときは順序立ててやれって、あっしはいつも言うんです」

ムーディーは楽しそうだった。

「最初にわれわれがすべきは、先生が本当に狙われているのか、それとも先生がちょっとおかしくなっているのか、そこをはっきりさせることです。違いますか？」

ムーディーは言葉の失礼を埋め合わせるために、にっこりと笑った。

「そんなこと、どうやってできるんだね？」

ジャドは不機嫌そうに訊き返した。

「簡単ですよ」

ムーディーは言った。

「先生の問題は、カーブボールを打とうと決めてバッターボックスに立っていながら、ピッチャーがいるのかどうかわかっていないところにあるんです。だから、まず、野球の試合があるのかないのか、そこをはっきりさせることです。試合があることがはっきりしたら、次は、選手が誰なのかを見つけることです。車を持ってますね？」

「ええ」

立ち去ることも、ほかの私立探偵に当たることも、いつのまにかジャドの頭から消えていた。彼はそれよりむしろ、ムーディーの無邪気で温和な顔と田舎くさい金言の連発の向こうに、論理を組み立てる頭のよさと有能さを感じはじめていた。

「先生はだいぶ疲れてると思いますね」

ムーディーは言った。

「まず、少し休暇を取ってください」

主客は完全に転倒してしまった。

「わたしに休暇をいつ取れって言うんですか？」

「明日の朝からね」

「そんなことは無理だ」

ジャドは同意できなかった。

「患者のスケジュールがあって……」

　ムーディーは相手にしなかった。

「キャンセルするんですな」

「キャンセルして、いったいどんな効果が――」

「じゃあ、あっしがこまかく指示しましょう」

　ムーディーは言った。

「ここを出たらまっすぐ旅行代理店に行ってください。そして、その場で予約してもらうんですな」

　ムーディーはちょっと考えてから続けた。

「グロッシンガーあたりがいいでしょう。キャッツキルのずっと先です――先生の住むアパートのビルには駐車係がいるんですか？」

「ええ、いますよ」

「だったら、係に言って、オイルをチェックさせたりガソリンを入れさせといたらいいですよ。そのほうが途中で時間をつぶさなくてすみますからね」

「来週じゃまずいですか？　明日は忙しくて――」

「予約が済んだら、オフィスへ行って、患者さん全員に電話してください。急用ができたから一週間留守にするってみんなに伝えるんです」

「そんなことはできませんよ」

ジャドは言いつづけた。

「そんな非常識なことは――」

「アンジェリ刑事にも電話しておいたほうがいいですな」

ムーディーは相手の言うことをぜんぜん聞いていなかった。

「先生がいないあいだに警察が先生を捜すことになったらまずいですからな」

「どうしてわたしがそんなことをしなきゃいけないんですか？」

そう言いながらも、ジャドは相手のペースに巻きこまれつつあった。

「先生の五十ドルをむだにさせないためですよ。ああ、それで思いだした。前金として二百ドルいただきたいですな。それに、これからの費用は、一日につき五十ドルとプラス実費です」

そう言うと、ムーディーは特大のロッキングチェアから丸々と太った体を持ちあげた。

「では、明日の朝のいいお目覚めを」

ムーディーは言った。

「日暮れ前に到着してもらいたいから、七時には出発できるでしょ？」

「と思いますけどね。日暮れ前に目的地に着いたら、どんないいことがあるんですか？」

「点数をかせげると思ってください」

五分後、ジャドは物思いにふけりながら車に乗りこんだ。患者を放りだして休暇など取れないと言い張ったくせに、自分は明日発とうとしている。インチキかもしれない探偵に身をゆだねて。車をスタートさせるときに、窓に書かれたムーディーの看板がジャドの目に飛びこんできた。


〝満足を保証〟


〈誇大広告だったら承知しないぞ〉

ジャドは暗い気持ちでそう思った。


旅行計画は難なくできあがった。立ち寄ったマジソン街の旅行代理店でグロッシンガーに部屋を予約してもらい、道路地図とキャッツキルの色刷りのパンフレットを何冊かもらった。

ジャドが次にしたのは、応答サービス会社に電話して、追ってこちらから連絡するまで患者の予約をすべてキャンセルしてもらうことだった。それから彼は、第十九分署に電話してアンジェリ刑事につないでくれるよう頼んだ。

「アンジェリ刑事は病欠だ」

乱暴な答えが返ってきた。

「わたしは精神分析医のジャド・スティーブンスですが、すぐ連絡したいことが……」

「自宅の電話番号を知りたいのかな？」

「ええ」

そのすぐあと、ジャドは、自宅にいるアンジェリと会話を交わしていた。声から判断して、アンジェリは相当ひどい風邪にやられているようだった。

「二、三日、街から離れることにしました」

ジャドは言った。

「明日の朝、発ちます。一応知らせておこうかと思いまして」

アンジェリは沈黙した。言われたことを検討しているらしかった。

「それも悪くないでしょうね。それで、どこへ出かけるんですか？」

「車でグロッシンガーまで行こうと思ってるんです」

「わかりました」

アンジェリの鼻声が答えた。

「マックグレビー警部補にも伝えておきますから、心配しないで行ってきてください」

そう言ってから、アンジェリはためらいがちにつけ加えた。

「昨日、先生のオフィスで起きた件を聞きましたよ」

「マックグレビー警部補の解釈をでしょ？」

「先生を殺そうとした男たちの顔は見たんですか？」

少なくともアンジェリだけは彼の話を信じてくれているようだった。

「いや、顔は見ませんでした」

「なにか捜査の手がかりになるようなものは見なかったんですか？　肌の色とか、年齢とか、背丈とかは？」

「暗くて何も見えなかったんです」

アンジェリの鼻をすする音が聞こえた。

「いいでしょう。わたしのほうは捜査を続けます。先生が戻ったとき、いい知らせができるといいんですが。では、お気をつけて、先生」

「ありがとう」

ジャドは感謝の気持ちで受話器を置いた。

それから、ハリソン・バークの雇用主に電話して、バークの容体について簡単に説明した。彼をできるだけ早く療養施設に入れる以外に選択肢はなかった。そのあとすぐピーターに電話して、しばらく街にいないことを知らせ、バークを療養施設に入れるための必要な手配を頼んだ。ピーターはこころよく同意してくれた。

出発の準備はすべて整った。

ジャドの胸にひっかかるのは、麗しのアンとの金曜日の約束も取り消さなければならないことだった。これで、彼女とはもう永遠に会えないだろう。

自分のアパートに向かって車を走らせながら、ジャドは私立探偵ムーディーのことを考えつづけた。そのうち、ひとつだけ読めてきたことがあった。

〈あの探偵は殺人者に罠をかけようとしているんだ〉

もし、殺人者が本当にいるのなら――そしてもし、ジャドの患者の誰かが殺人者だとしたら――ジャドをエサにして殺人者をおびきよせる算段なのだ。そのために、ジャドにわざわざ旅行計画まで話させて、予約のキャンセルをさせたのだろう。

ムーディーは彼に、行き先の電話番号を、電話応答サービスとアパートのドアマンに置いていくよう指示した。これは、ジャドがどこに行ったか、みんなに知らせるための伏線にほかならない。

ジャドがアパートのビルの前に車をつけると、ドアマンのマイクが彼を迎えた。

「明日の朝早く旅行に出かけるんだけどね、マイク」

ジャドは探偵に言われたとおりに言った。

「駐車係に言って、ガソリンを満タンにさせておいてくれないか？」

「かしこまりました、スティーブンス先生。車は何時に必要なんですか？」

「七時には出発したいんだ。よろしく」

ジャドはドアマンの視線を背中に感じながら、ビルの玄関に足を踏み入れた。

自分のアパートに入ってから、玄関ドアのカギを閉め、窓の戸締りを確認した。異常はまったくなかった。

ジャドは鎮静剤を二錠飲んでから、服を脱ぎ、バスタブに熱い湯を満たした。そして、けがの箇所をいたわりながら、そろそろと湯につかった。緊張が背中と首から抜けていくのがわかった。バスタブが大きくて贅沢なのが、今夜は特にうれしかった。

身を横たえたままジャドは考えつづけた。なぜあの探偵は、車のガスタンクを満タンにしておくことにあんなにこだわったのだろう？　途中でガソリンスタンドに寄ったら、あとをつけられて襲われやすくなるからか？　そして、もし本当に襲われたら、あの探偵としてはどうするつもりなのだろう？　ムーディーは計画の詳細をいっさい語ってくれなかった。もっとも、計画などあるのかどうかは神のみぞ知るだったが。

検討すればするほど、旅行は愚かに思えた。どう考えても、相手の罠にこちらから入りこむようなものではないか。殺人者をおびきよせる手のようにも見えるが、何度考えなおしても結論は逆だった。むしろ、ジャドを殺すための計画かとさえ思えた。

〈だが、ちょっと待てよ〉

ジャドが殺されて、あの探偵になんの得があるというのだ⁉

〈やはり、自分はちょっとおかしくなっているのか？〉

ジャドは常識の線にそって考えてみた。

〈イエローページで適当に選んだ私立探偵を、わたしを殺したがっていると疑うなんて！これこそ被害妄想の典型ではないか！〉

ジャドはまぶたが重くなってきた。温かい湯につかって、鎮静剤の効き目は思いのほか早かった。ジャドは重い体を引きずるようにして湯船から出ると、乾いたタオルを軽くたたくようにして、傷口をいたわりながら体をふいた。それから、パジャマを着てベッドに入った。

目覚ましは六時にセットした。

〈〝キャッツキル〟、〝猫殺し〟とは縁起でもないな〉

ジャドはそう思いながら、すぐに眠りにおちた。疲労しつくした果ての深い眠りだった。

午前六時に目覚まし時計が鳴ると、ジャドはパッと目を覚ました。目が覚めたあとも、ジャドの頭の中は、まるで時間がすっぽり抜けたように、眠りにおちる前と同じことを考えていた。

〈偶然が何度も重なるなんてありえない。わたしの患者が殺人鬼だなんて、そんなこともありえない。ということは、わたしはすでに妄想症をわずらっているか、それとも、妄想症にかかりつつあるかだ〉

彼にいま必要なことは、手遅れにならないうちに別の精神分析医に診てもらうことだ。

〈ドクター・ロビンに電話してみよう〉

自分が精神分析医にかかることは、とりもなおさず、彼自身の医師生命の終わりを意味する。

〈でも、やむをえない〉

もし、彼が被害妄想にかかっているとはっきりわかったら、療養施設に入れられることになるだろう。

〈あの探偵も、わたしの精神状態をおかしいと見たのだろうか?〉

だから、休暇を取れなどと言いだしたのか？　命を狙われているというジャドの話を信じたのではなく、客の様子に精神分裂の兆候を見て、休暇をすすめたりなどしたのだろうか？　どちらにしろ、この際は、私立探偵の忠告にしたがって二、三日キャッツキルにひそんでいるのがいちばん利口かもしれない。ストレスのないところで静かに考えれば、ほかの分析医に相談しなくても、自分自身を診断できそうな気もする。いつからこうなったのか、どうしてこうまでも気持ちが揺れ動き、考えが定まらないのか、落ちついて分析してみることだ。ドクター・ロビンに相談するのはそれからでも遅くない。

〈キャッツキルから戻ったら、ドクター・ロビンに電話しよう。それから先のことは彼の判断にまかせるんだ〉

苦渋の決断だった。だが、いったんそう覚悟してしまうと気が楽になった。ジャドは身支度を整え、五日分の衣類をスーツケースにパックすると、それをエレベーターの前まで運んだ。

こんな朝早くだから、エレベーター係のエディーはまだ来ていなくて、エレベーターは自動サービスになっていた。ジャドはエレベーターに乗って地下のガレージまで降りていった。ガレージに着くと、駐車係のウィルトの姿を求めて周囲を見まわした。だが、彼は来ていなかった。駐車場には誰もいなかった。

ジャドは駐車場の端に置かれている自分の車を見つけた。そこまで歩いていき、まずスーツケースをうしろの座席にしまい、前のドアを開けると、運転席にすべりこんだ。ちょうどキーを取りだしたとき、誰かがとつぜん横の方から姿を現わした。一瞬、ジャドの心臓が脈を乱した。

「スケジュールどおり」

聞きおぼえのある南部なまりはムーディーの声だった。ジャドは答えた。

「あんたの見送りを受けるとは思わなかったな」

ムーディーは目を輝かせた。彼の無邪気な顔がほころんだ。

「どうせやることがないし、眠れなかったからですよ」

ジャドの気持ちにもう迷いはなかった。私立探偵がすすめてくれたこの方法で行くのが一番なのだと思うようになっていた。彼の精神がどうこうに関係なく、この情況下では、田舎に行って休むのが最善の方策だと思えた。少なくとも、この休暇旅行で、ジャドは今しばらくは正常のままでいられる。

「あなたの忠告どおりにキャッツキルに行って、勝ち点かせぎができるかどうかためしてみますよ」

「ああ、それなら、もうその必要はないんですよ」

ムーディーが言った。

「ホテルのキャンセルもしておきましたから」

ジャドはポカンとなって、私立探偵を見つめた。

「それはどういうことなんですか？」

「簡単なことですよ。あっしはいつも言うんです。底がどうなっているか知りたかったら、そこを掘れってね」

「あのですね、ミスター・ムーディー……」

ムーディーは車のドアに寄りかかった。

「先生の問題にあっしが特に興味を持ったのは、先生を狙ってる殺人鬼が尋常ではなさそうなところですよ。そうではあっても、先生が本当に狙われているのか、それとも先生の頭がおかしくなっているのか、そこをはっきりさせなくては、スタートできませんわな」

ジャドは私立探偵を見上げて、元気なく言った。

「でもキャッツキルのほうは……」

「キャッツキルへなんか行かなくていいんですよ、先生」

ムーディーはそう言って、運転席のドアを開けた。

「どうぞ、降りてください」

ジャドは当惑しながら車から降りた。

「キャッツキル行きは宣伝ですよ。あっしはいつも言うんです。サメを捕まえたかったら、まず水を血で汚せってね」

ジャドは探偵の顔を見つづけた。

「いくら先生がキャッツキルへ行きたくても、無事に到着できますやら」

ムーディーはやさしい声でそう言うと、車のボンネットの前に回った。そして、フックをまさぐり、ボンネットを開けた。ジャドも彼の横に行き、エンジンルームをのぞいた。ディストリビューターの頭部に結びつけられていたのは、まぎれもない三本のダイナマイトだった。細い二本の針金がイグニッションからぶらさがっていた。

「ごらんのとおりです」

ムーディーが言った。ジャドはわけが分からないといった顔で私立探偵を見つめた。

「どうやってこれを……」

ムーディーはニヤリと笑った。

「わたしは不眠症ぎみでね。眠れなかったから、夜中にここへ来てみたんですよ。夜勤の警備員にはチップをやって、どこかで遊んでてもらいました。そして、物陰にひそんで、殺し屋さんが来るのを待ったんですよ。警備員のチップ代として、あとで二十ドルいただきますからね。よろしく」

ムーディーはつけ加えた。

「先生の立場上、気前がいいところを見せたかったんですよ。いいでしょ?」

ジャドはこの太った小男が急に好きになった。

「それで、誰がやったのか見たんですか?」

「いいや。あっしが来る前にやったようです。六時になったところで、あっしはもう誰も来ないと判断して、ボンネットの中を調べてみたんです」

私立探偵はぶらさがっている針金を指さして、さらに言った。

「先生のお友達はなかなかのものですな。爆発の仕掛けを二重にしてありますよ。ボンネットを上いっぱいにあげると、ダイナマイトに火がつくようになっているし、イグニッションにキーを差しこんで回しても、同じことが起きるようになっています。これだけの火薬があったら、このガレージの半分がぶっとびますよ」

ジャドは急に気分が悪くなり、胃がキリキリと痛みだした。ムーディーは同情の目でジャドを見つめた。

「元気出してくださいよ、先生」

私立探偵は言った。

「これでも、もうずいぶん進みましたからね。ふたつのことがわかりました。ひとつは、先生の頭はおかしくないということ。もうひとつは、」

探偵の顔から笑みが消えた。

「先生は、全能の神みたいに強大な力を持った殺し屋に狙われているということです。わかりましたね、ドクター・スティーブンス？」

〔下巻へつづく〕

S.シェルダンの次の本は
氏の最新作

テル ミー ユア ドリーム

―― Tell Me Your Dream ――

シドニィ・シェルダン氏

今アメリカでベストセラー中の作品を、さっそく次の発刊でお届けします。ご期待下さい。これからも、氏の新作はアカデミー出版から発行されます。

明け方の夢

血族

真夜中は別の顔

時間の砂

明日があるなら

ゲームの達人

ダニエル・スティール作

つばさ

五日間のパリ

ジョン・グリシャム作

裏稼業

ニコラス・スパークス作

奇跡を信じて

ディーン・クーンツ作

何ものも恐れるな

生存者

インテンシティ

ただ今、大好評ベ

ニコラス・スパークス

奇跡を信じて

A Walk to Remember

◆ユーモア溢れる文章で自然とページは進み、急転直下の展開を見せる後半では胸に沁みいるストーリーに胸がつまりました。

◆感動しました。〝読む〟というより〝読まされる〟という感じで一気に読んでしまいました。僕は十五歳の中三です。

◆何十年ぶりだろう。小説を読んで号泣したのは。

◆私は高校三年生で、進学を希望していて、今いちばんつらく大変な時期です。暗い部屋に光がさしこんできました。

◆人生の明りを見つけたような気持です。

◆真実の愛、許すことの大切さ、そして『〝普通のこと〟ってすばらしいものなんだ』と……。涙で文字が見えず大変でした。この本に出会えたのも奇跡でした。

◆本当に泣けた。大切な人にプレゼントしようと思いました。

新書判
顔 (上)

二〇〇一年二月一日 第一刷発行

著 者 シドニィ・シェルダン
訳 者 天馬龍行

発行者 益子邦夫
発行所 ㈱アカデミー出版
東京都渋谷区鉢山町15－5
郵便番号 一五〇－〇〇三五
電 話 〇三(三四六四)一〇一〇
FAX 〇三(三四七六)一〇四四
〇三(三七八〇)六三八五

印刷所 大日本印刷株式会社

ISBN4-900430-91-9